紅樓夢

粵語

紅樓夢

曹雪芹　原著

張彩芬 × 中和編輯室 —— 改編

螢 —— 插圖

 香港中和出版有限公司
www.hkopenpage.com

本書精選了《紅樓夢》原著 120 回故事中，最為膾炙人口的 30 個故事，以廣東話進行改編，輔以原創插畫及粵語音頻，務求成為一本親子《紅樓夢》讀本，亦可以讓家長用作床邊故事讀物。

上古時代女媧補天，在一個叫大荒山的地方煉成了三萬六千五百零一塊大石頭，想用來補那穿了個洞的天。但最後女媧只用了三萬六千五百塊石頭，剩下一塊。這塊石頭最後就被扔在青埂峰下面。不過這塊石頭經過女媧的鍛煉，已經通了靈性，可以自來自去，隨意變大變小。

見其他石頭都被用來補天，自己是唯一一塊沒有用到的，好似廢物一樣被遺棄在這裡，於是這塊石頭日日都在山上唉聲歎氣，覺得自己很沒用。

有一日，當這塊石頭唉聲歎氣的時候，有一個和尚同一個道士走過來。和尚同道士來到青埂峰，發現了這塊石頭，見它不單晶瑩剔透，還可以縮小到好像扇墜一樣，非常可愛。

和尚就拿上手說：「嗯，就咁睇個樣都係一件靈物，只係無咩用。不過，如果喺你身上刻返幾個字，令人一睇就知你係件奇物，之後帶你去繁榮之地溫柔之鄉行返轉。」

石頭聽到很興奮，即刻問：「咁應該刻咩字？同埋會帶我去邊度呢？」

和尚笑着說：「唔使急住，到時你自然會知。」說完之後，就收起這塊石頭，和道士飄然走了，不知道他們會帶這塊石頭去哪裡？

第
1
回

通
靈
寶
玉

又遇了不知多少年，有位空空道人四處求仙訪道，經過青埂峰。他走着走着，忽然見到一塊巨石，上面刻了很多字。空空道人很認真地，由頭到尾看了一遍。原來上面寫的，是沒有被用來補天的這塊石頭，被茫茫大士渺渺真人帶入人間，投胎做人的一段經歷。

石頭上面是這樣寫的：

在人間繁華熱鬧的蘇州城內，有一條巷子，巷子裡有一座葫蘆廟，廟旁邊的那戶人家曾經做過官，叫甄士隱。這個甄士隱沒甚麼追求，也不熱衷功名利祿，每日最想做的就是種竹賞花，吟詩飲酒，生活過得好像神仙一樣快活。

天機不可洩露！

有一日下午，甄士隱在書房裡看書看到累了，就伏在書枱上睡。他迷迷糊糊間去到一個地方，突然見到一個和尚同一個道士一邊走一邊說話。道士問和尚：「你要帶佢去邊啊？」

和尚笑着說：「趁呢啲魂魄仲未投胎，我要將呢嚿石頭都擺埋落去，等佢都去見下世面。」

道士說：「原來啲魂魄又將要到人間歷練，但唔知係由邊度開始呢？」

和尚說：「係咁嘅，因為當年女媧娘娘補天時無用到呢嚿石頭，佢又樂得自在自己周圍去玩。有一日去到警幻仙子嗰度，警幻仙子知道佢有啲來歷，就留低佢喺赤霞宮，封咗佢做赤霞宮嘅神瑛侍者。

　　「嚿石頭成日去西方靈河嘅河邊散步，見到河邊三生石隔離有棵絳珠仙草，生得好靚，忍唔住日日幫手用甘露淋水。呢棵仙草每日吸收天地精華，又得到甘露嘅滋潤，最後竟然由一棵草木變成個女仔。仙草為咗報答石頭，就話：『我無甘露可以還俾佢，但如果佢下一世要投胎做人，我都要跟佢去做人，將我一世嘅眼淚還俾佢。』就係因為咁，呢棵仙草都準備投胎轉世。我今日就係特登帶呢嚿石頭嚟警幻仙子呢度，準備將佢哋一齊扰落凡間。」

　　道士聽完之後就說：「竟然有用眼淚報恩咁出奇嘅事，有趣有趣，不如你同我都一齊去人間行一轉，湊下熱鬧？」

　　和尚都有同樣想法，就說：「好！等我將呢嚿石頭交俾警幻仙子，等佢哋落晒凡間後，我哋再去行返轉！」

　　甄士隱在旁邊聽完他們的話後，很好奇地詢問更多細節，但兩個仙人很神秘地說：「天機不可洩露！」

　　甄士隱知道他們不會再講，就說：「雖然天機唔可以洩

露，但你頭先講嘅嗰嚿石頭，唔知可唔可以睇下呢？」

和尚笑着說：「講起呢嚿石，你哋真係有一面之緣。」講完就拿那塊石頭出來。

甄士隱接了過來，見是一塊玉，顏色通透，上面刻住「通靈寶玉」四個字，後面還有幾行小字。

他正想仔細看的時候，只聽見和尚說了一句「幻境已到」，手上的寶玉就已經被收走。

甄士隱抬頭一望，前面是一個石牌坊，牌坊上面刻住「太虛幻境」四個大字。和尚同道人已經跨過牌坊走了進去，甄士隱都想跟進去。誰知一抬起腳，突然聽到「劈啪」一聲巨響，他馬上醒了過來。

到底會帶我去邊度呢？

到時你就知！

士隱雖然覺得這個夢有點奇怪，但當他再仔細回想的時候，夢裡面的內容已經不記得大半了。

這條巷子除了甄士隱一家，還有個窮書生寄住在葫蘆廟裡，他叫做賈雨村。賈雨村因為和甄士隱住得近，兩人慢慢就成為了朋友。

士隱還贊助雨村上京考取功名，後來雨村考中了進士，做了縣太爺。只不過因為得罪其他官員，很快就被革職，雨村索性周圍遊山玩水。可惜當雨村遊歷到揚州這個地方時，感染了風寒，身上的盤川不太夠，終於在幾個朋友的介紹下，到新鹽政林如海家中做個教書先生。

這個林如海是前科探花，娶了京城賈府的小姐，如今四十歲，才有一個五歲的女兒，叫做林黛玉。黛玉年紀既小，身子又弱，所以雨村教書先生的這份工都做得好輕鬆。

就這樣平平靜靜過了一年。誰知黛玉的母親後來大病了一場，之後就去世了。賈府知道之後，就想將黛玉接回京城住，以便有人可以照顧。

原來這個賈府是雨村同族，只不過要風光得多，祖先兩兄弟分別被封為寧國公和榮國公，京城的一條街，街頭是寧國府，街尾是榮國府，光是他們一家已經佔了整條街。而黛

掃我聽故事

粵
語
紅
樓
夢

玉的大舅父就繼承了榮國公這個爵位。

　　榮國府想接黛玉回京城，林如海不放心她自己一個上京，就拜託雨村送黛玉到榮國府，順便寫了封信給黛玉二舅父賈政幫忙關照一下雨村。不久，榮國府派來接黛玉的人到了，雨村就陪着黛玉上京。

　　因為得到榮國府的幫忙，雨村後來就恢復了官職。

　　另一邊，黛玉在丫鬟的引領下進了榮國府，遠遠看到兩個丫鬟扶着一頭白髮的老夫人慢慢行過來，黛玉知道是自己的外婆賈母了，正想行禮。賈母已經抱住她：「陰功囉，我個乖孫！咁多個仔女最錫嘅就係你媽媽，點知……」一路說一路流淚。

乖孫你聽話喇！

　　黛玉聽到都忍不住哭起來，身邊的人勸了好一會，她們才停下來。然後賈母拉着黛玉的手，很親切地介紹身邊的邢夫人、王夫人、李紈等人：「呢個係你大舅母，呢個係二舅母，呢個係珠大哥嘅老婆，你叫阿嫂喇。」

　　然後迎春、探春、惜春三姊妹，和負責持家的表嫂王熙鳳都過來打招呼。二舅母王夫人說：「你呢三個表

姐妹都好好人，以後一齊讀書寫字，或者周圍玩，都可以作伴。不過我最唔放心嘅就係我個仔，佢係屋企入面嘅『混世魔王』，今日有事出咗去，陣間等佢返嚟你就知，你以後唔好睬佢就得㗎喇。」

黛玉以前都聽母親說過這個侄兒，他出世的時候因為口裡含着塊玉，所以改名叫寶玉。大了之後不但不喜歡讀書，還每天掛着玩樂，但因為賈母十分疼惜，所以沒有人可以管得了他。

正說話間，就有「噠噠噠」的腳步聲從門口傳過來，只聽有人說「寶玉嚟喇」，黛玉轉頭看過去，就見到一個男仔，長得十分俊俏，穿着一件大紅色外袍，頸上戴住一塊美玉。

呢個妹妹我見過㗎！

黛玉嚇了一跳，心想：「奇怪喇！點解佢咁熟口熟面，好似我之前喺邊度見過佢咁嘅？」

寶玉見到黛玉，也笑着說：「呢個妹妹，我之前有見過。」

賈母說：「又喺度亂講嘢，你幾時見過佢？」

寶玉又笑道：「雖然無見過，但睇落好面善，覺得

粵語

好似舊朋友好耐無見又再撞返咁。」

賈母亦都笑着說：「好囉！咁你哋以後實可以玩得埋！」

寶玉在黛玉旁邊坐下，再問黛玉：「妹妹，你有無玉？」

大家都不知道他問的是甚麼，黛玉就猜想：「因為佢有玉，所以想問下我有無」。於是答：「我無，你塊玉咁新奇少見，點會人人都有呢？」

寶玉聽到她這樣說，馬上發了狂，一手就將塊玉扯了下來，扔在地上，罵道：「咩寶玉！我先唔要！」

其他人嚇得搶上去拾起塊玉，寶玉又哭着說：「你哋個個都無，得我有。依家連呢個好似神仙咁靚嘅妹妹都無，就知呢塊玉唔係好嘢！」

賈母馬上抱着他安慰說：「哎唷，你林妹妹本身都有，不過你姑媽過身嘅時候，帶埋塊玉走，所以你妹妹先話無。你仲唔快啲戴返。」說完之後，就親手幫寶玉戴上。寶玉聽到她這樣說，想了想，才沒有再繼續發脾氣。

經過這次，黛玉一直很不安心。不過幸好之後都沒再有甚麼大事發生。黛玉總算正式在榮國府住了下來。

且說秋盡冬來，天氣開始凍起來。在京城外鄉下有戶人家，也是姓王，因賈府王夫人的父親，即鳳姐的祖父，曾經認了宗。只不過這戶人家現時沒落了，一家四口靠耕田為生。王家外母劉姥姥知道王家和賈府有點關係，而且賈府王夫人的陪房周嬤嬤曾經欠過他們一個人情，於是劉姥姥天未光就帶着外孫板兒入城，到榮國府來探親。

劉姥姥來到寧榮街，一時不敢亂入，輾輾轉轉問過人後，又進了後院找到周嬤嬤，周嬤嬤說：「夫人依家唔太理屋企嘅事囉，都係璉二奶奶當家做主。璉二奶奶呢，係太太嘅姪女，細名叫鳳哥。有時有客來，情願唔見太太，都要見璉二奶奶。」

於是劉姥姥又教了板兒幾句話，就跟着周嬤嬤一路走去鳳姐間屋。周嬤嬤先帶他們去東邊屋找鳳姐的心腹丫鬟平兒。一入屋劉姥姥已經眼花繚亂，整間屋都是豪華擺設和裝飾，一時之間她都不知應該看哪裡才好。接着又聞到一陣陣香氣吹過來，整個人好似飄進了雲裡一樣舒服。

劉姥姥見平兒穿金戴銀，一時以為是鳳姐，正想要行禮，周嬤嬤介紹：「呢位係平姑娘。」姥姥才知原來不過是一個體面的丫鬟。

又聽到「咯噹咯噹」的聲音，劉姥姥四下裡看，見柱那裡掛了一個盒子，盒底垂下一個好像秤砣的東西，秤砣不停左搖右擺，劉姥姥心想：「呢個又係咩嚟？」突然「噹」一聲，好像打鐘一樣，劉姥姥嚇了一跳，還未有時間問，突然外面的丫鬟急聲說：「二奶奶落嚟喇。」平兒和周嬤嬤急忙叫劉姥姥先等一下就出了去。

過一會周嬤嬤笑着向劉姥姥招手叫她過去。劉姥姥馬上跟着進入堂屋中間，只見一個穿桃紅色花棉襖的女子坐在上座，打扮得好似天仙一樣。那女子低着頭問：「點解仲唔請入嚟啊？」

然後，她一抬頭就見到劉姥姥和板兒站在前面，即刻笑着說：「原來入咗嚟，點解唔早講啊！」

劉姥姥見鳳姐打扮得風光十足，馬上向她跪拜問安。

鳳姐急急上前說：「哎唷，唔使跪！我年紀細唔識得輩份，唔敢亂咁稱呼。」

正所謂「爛船」都有三分釘！

粵語 紅樓夢

周嬤嬤說：「呢個係我啱啱講嘅嗰位姥姥。」鳳姐點點頭，等大家都坐下，又笑着說：「大家親戚少見，都唔係好記得啦。」又轉頭同周嬤嬤講：「去問下太太呢位劉姥姥嘅事。」

周嬤嬤答了一聲就出了去。

鳳姐一邊叫人拿些菓點給板兒吃，一邊又問了劉姥姥幾句。還沒說幾句，就有好幾個管事的過來要報告，鳳姐叫平兒去處理，過多一會周嬤嬤就回來說：「太太話今日唔得閒，話二奶奶陪住佢哋都係一樣，有咩要講嘅，同二奶奶講都係一樣。」

劉姥姥見這樣就說：「都無咩要講嘅，親戚一場，都係諗住嚟探下你哋。」

停了停，又很不好意思地紅着臉說：「本來今日初次見面，唔應該講啲咁嘅野，只不過咁遠過嚟，唔應該講嘅都要講埋……」話未講完，寧國府的賈蓉有事過來，鳳姐打發他走後，劉姥姥才有機會再說：「你呢個世侄囉……佢爹娘屋企窮到無啖好食，天氣又開始凍喇，唯有帶住你世侄嚟投奔你哋。」

說完又推推板兒：「你出門口果陣爹娘點教你架？淨係掛住食！」

鳳姐心裡已經猜到她的想法，笑着說：「唔使講喇，我知道喇。」知道他們未吃飯就叫人開飯，擺滿整枱的大魚大肉

咁就無咗二十兩銀。

第 3 回　劉姥姥進榮國府

招呼劉姥姥和板兒。

等他們吃完，鳳姐才笑着說：「你剛才嘅意思，我已經明白。講起上嚟，原本一場親戚，我哋應該一早就互相照應先係。不過我哋雖然睇落大戶，其實大有大嘅艱難。但今日你咁遠嚟到，點好意思叫你空手返去呢？咁啱尋日夫人俾我丫鬟做衫嘅嗰二十兩仲未用，如果你唔嫌少，就即管攞去用啦。」

劉姥姥一聽，咧嘴大笑：「點會呢？開講有話『爛船都有三分釘』，你地搵一條寒毛，都粗過我哋條腰啊！」

鳳姐只是笑了笑，就叫平兒拿那二十兩銀過來：「呢二十兩，你就攞去幫細路仔做件過冬嘅衫。大家親戚，得閒無事就隨便嚟坐下。不過今日都晏喇，就唔留你哋啦。」一邊說，一邊站起來。

劉姥姥一連說了好多次多謝，才開心地帶着二十兩回家。

家家有本
難唸的經……

第4回

金玉良緣

周嬷嬷送走劉姥姥之後，就去薛姨媽的梨香院找王夫人，向她彙報這事。薛姨媽是王夫人的同胞妹妹，她丈夫十幾年前意外去世，家裡剩下她和兩個仔女，大仔叫薛蟠，細女叫薛寶釵，他們一家暫住在榮國府。

周嬷嬷見王夫人和薛姨媽談得興起，不敢打擾，就走進裡屋探望寶釵。寶釵和寶玉、黛玉差不多年紀，但很有儀態，說話又得體，所以榮國府上上下下都很喜歡她。

周嬷嬷見到寶釵在畫畫，就問她：「寶釵姑娘，呢幾日唔見你出去行下嘅？係咪你寶兄弟激嬲咗你啊？」

寶釵笑着回答：「邊有啊，係我舊病又復發，不過都無咩大礙嘅，唞返幾日就無事。」

寶釵病了的事很快就傳到寶玉那邊，過了兩日，寶玉趁有空就去梨香院探病。一掀開門簾就見到寶釵坐在床上做針黹，於是就問：「寶姐姐，身體好返啲未啊？」

寶釵一抬頭，見是寶玉，馬上起來微笑回答：「已經好得七七八八啦，多謝。」

兩個人聊了一會，寶釵偶然見到寶玉身上掛着的那塊

玉，笑着說：「成日聽人講起你呢塊玉，都未有機會可以仔細
啲望下，今日要睇真啲喇！」說完就坐近寶玉，寶玉也很配
合地除下塊玉，遞給寶釵。

　　寶釵捧住塊玉，見和鵪鶉蛋差不多大，但通透得好像懂
得發光，玉上面有五種顏色的花紋，還刻了幾隻芝麻大小的
字。寶釵眯着眼才看清字，上面刻住「通靈寶玉」四個字，
下面還有兩行小字：「莫失莫忘，仙壽恆昌」。

　　寶釵將塊玉翻來覆去地看，口裡不覺唸了出來。站在旁
邊的貼身丫鬟鶯兒笑着說：「我聽呢兩句話，同小姐金鎖上
面嗰兩句好像一對咁。」寶玉聽到覺得很好奇：「原來寶
姐姐嘅金鎖上面都有八個字？我都想睇下。」

　　寶釵說：「你唔好聽佢亂講，邊有咩字啊。」

　　寶玉說：「好姐姐，你啱啱都睇咗我塊玉喇！」

　　寶釵被他煩着，就一邊除下金鎖一邊說：「都係刻咗
幾句好說話先會日日戴住，你估真係貪佢夠重咩。」

　　寶玉托住金鎖一看，果然刻了八個字：「不離不棄，
芳齡永續」，他讀了兩遍，又讀下自己塊玉上面那幾個

莫失莫忘，仙壽恆昌。

第 4 回　金玉良緣

字，笑着說：「真係同我嗰八個字係一對。」

鶯兒又說：「呢八個字係個和尚送嘅，佢話一定要刻喺金器上面。」

剛說完，就聽到外面有人說：「林姑娘嚟喇。」大家一抬頭，就見到黛玉已經走了進來。

薛姨媽聽到黛玉同寶玉都來了，就叫人準備菓點和茶水，又聽寶玉大讚早兩日在珍大奶奶尤氏那裡吃過的鵝掌，急忙又拿自己醃製的出來。寶玉說：「呢個要送酒先好。」薛姨媽馬上叫人拿上等酒來，寶玉隨行的李奶媽想阻都阻不住。

薛姨媽打圓場說：「奶媽你唔使太擔心，你都飲返杯去下寒氣喇。」

寶玉說：「啲酒唔使燙暖喇，我鍾意飲凍嘅！」

薛姨媽勸他：「點得呢？飲咗凍酒，寫字隻手會係咁震。」寶釵都說：「寶兄弟，唔通你唔知酒係熱性嘅？熱住

真係一對喎！

飲好快就可以發散出來，但凍住飲就會鬱結喺身體入面，要用五臟六腑來暖佢，咁對身體係唔好架。」

寶玉覺得寶釵有道理，就叫人燙暖了酒再飲。坐在旁邊的黛玉抿住嘴笑，剛好她的丫鬟雪雁送小手爐過來。黛玉說：「邊個叫你送嚟架？」

雪雁說：「紫鵑姐姐怕小姐凍，叫我送嚟嘅。」

黛玉接過來，笑着說：「佢講你就聽，平時我同你講，你就當耳邊風。佢同你講嘅，就當正係聖旨一樣！」

寶玉知道黛玉在笑自己剛才只聽寶釵的話，就嘻嘻笑了兩聲扮聽不懂。寶釵知道黛玉平時都是這樣的性格，亦都不出聲。

幾個人有傾有講，不覺間寶玉已經喝了很多杯，幾個嬤嬤勸極他都不聽，李奶媽氣得自己走了去，其他丫鬟更加管不到寶玉。幸好薛姨媽見喝得差不多就叫人收走酒水，但寶玉已經喝到有點醉，才和黛玉一齊走。

第 5 回

可卿之死

掃我聽故事

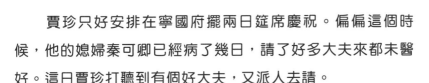

九月是寧國府太爺賈敬大壽的日子，但賈敬一心修道，住在玄真觀修煉。他不想有人打擾，叫兒子賈珍，即現時寧國府當家，在府中設宴熱鬧一下就可以，但自己就不回府了。

賈珍只好安排在寧國府擺兩日筵席慶祝。偏偏這個時候，他的媳婦秦可卿已經病了幾日，請了好多大夫來都未醫好。這日賈珍打聽到有個好大夫，又派人去請。

大夫幫秦可卿把完脈，將她的症狀說得清清楚楚，又開了藥方交給秦可卿的丈夫賈蓉。賈蓉看完藥方後問：「請教大夫，呢個病會唔會影響性命？」大夫說：「病到依家咁都唔係一朝一夕嘅事喇。食咗藥，今年冬天就應該無問題，只要過到春分，就應該好返喇。」賈蓉將藥方和大夫的話向賈珍報告，賈珍開心地說：「有呢個大夫，你老婆個病應該可以好得返喇。」

過兩日就是賈敬的大壽，好多皇親國戚都送賀禮過來，不久榮國府上下都過來飲宴。吃完筵席，賈珍妻子尤氏準備帶王夫人、邢夫人等女眷去聽戲，平時和秦可卿很親近的鳳姐就想去探下秦可卿，寶玉也想跟着去。

鳳姐、寶玉跟住賈蓉到秦可卿房裡，可卿見到他們，掙扎着想起來，鳳姐見到她整個人瘦了，連坐起身都成問

題，馬上說：「快啲坐返低。」說完走過去，拉住她的手：「點解無見幾日，就瘦到咁啊？」

秦氏勉強笑着說：「都係我無福份，嫁咗入咁好嘅一頭家，公婆對我好，丈夫又錫我，嬸嬸你同埋全家上下都對我好，點知有咗呢個病，睇怕都過唔到今年冬天囉。」寶玉坐在旁邊聽到，忍不住流了眼淚。

鳳姐個心雖然都好難過，但怕秦可卿見到會更加不開心，就說：「寶玉，乜你咁眼淺架，都係講下啫，邊有去到咁嚴重啊。佢咁後生，病病下就好返喇。」

轉頭又對秦可卿說：「你唔好亂咁諗啦，最緊要係好好養病。先幾日個大夫聽講幾好，唔使擔心。」

秦可卿笑着說：「阿嬸，我自己知自己事，呢個病連神仙都救唔到。」

鳳姐說：「你成日咁諗埋一邊，又點會好得返呢？如果係其他食唔起人參嘅屋企就難講，但你老爺奶奶咁錫你，唔好講話一日兩錢人參，就算一日兩斤都食得起。」

之後鳳姐日日派人過來探秦可卿，見她好幾日又

有咩心願即管同我講。

粵語 紅樓夢

差幾日，病始終都未好得返。過了冬至，鳳姐又來探望，但她的狀況好像越來越差。尤氏私下問鳳姐：「你睇我呢個媳婦點呀？」鳳姐低頭考慮了很久才說：「睇怕都無辦法喇，你應該準備定啲後事。」

尤氏說：「其實我都暗暗準備緊，但又未搵到好嘅木材，只能夠慢慢來喇。」兩人又談了會，怕嚇到長輩，鳳姐見到賈母時只說可卿的精神都不錯。

到了年底，因為林如海病重，賈母就叫鳳姐丈夫賈璉送黛玉去揚州探父。自從賈璉走了之後，鳳姐每日都很早就上床睡覺。

這日鳳姐睡到迷迷糊糊之間，見到秦可卿走進來說：「阿嬸，我今日走喇，平時我哋咁好，我最唔捨得就係你，所以專登嚟同你告別。我仲有個心願，淨係講俾你聽。」

鳳姐迷迷糊糊說：「你有咩心願？即管同我講。」

秦可卿說：「我哋家族都威風咗成百年，但就怕『樂極生悲』，頭家好易就散。」

鳳姐問：「你講得啱，有無方法可以避免呢個情況？」

秦可卿說：「自古萬物興衰有時，趁依家興盛做好準備，就可以長久繁榮喇。」

鳳姐問：「可以點樣準備？」

秦可卿說：「趁現在喺祖墳附近多置田地、房屋，日後祭祝、私墊嘅費用都喺呢度出，就算將來出咗事，家族子弟都可以讀書耕田。雖然好快就會有件大喜事，但呢個都不過係一時繁華，如果唔早啲替日後做好打算，恐怕會後悔。」

鳳姐想問是甚麼喜事，秦可卿說：「天機不可洩漏。」

鳳姐還想再問，但突然聽到外面吵鬧上來，一時驚醒，聽到外面有人說：「寧府嘅蓉大奶奶過咗身。」

鳳姐嚇到一身冷汗，過了一會才急忙換衫出去。寶玉聽到消息都馬上過來寧府，誰知這個時候尤氏舊病復發睡在床上起不來，賈珍當住族人面前哭到無法收聲：「成個家族都知道，我呢個媳婦比我個仔仲要叻，依家佢走咗，我哋長房無人才喇。」

為了秦可卿的後事，賈珍極盡奢華，又拜託鳳姐主持大局，不計花費將件喪事做得風風光光，十分熱鬧。

好快就有件
大喜事……

粵語 紅樓夢

這日賈政生日，寧榮兩府齊集慶祝，非常熱鬧。突然門口僕人報告：「六宮都太監夏老爺來降旨！」

大家都不知道發生甚麼事，馬上停了筵席，打開中門接旨。都太監帶着許多內監入了正廳，滿面笑容：「奉特旨，宣賈政立刻入朝陛見。」

都太監宣完旨就走，大家都一頭霧水，賈政只得馬上更衣入朝。賈母等人都惶惶不定，不停派人去打探消息。

過了四個鐘，突然見三四個管家跑進來報喜：「老爺請老太太帶太太等一齊入宮謝恩！」仔細一問，原來寶玉的親姐姐元春被封為賢德妃。賈母、邢夫人、王夫人、尤氏等人馬上按品位裝扮起來，坐了四輛大轎入宮，賈赦、賈珍等都換上朝服陪同入朝。

過了幾日，去揚州探父的黛玉，因為林如海病重去世，黛玉處理完父親後事後，跟賈璉都回到了榮國府。

粵語 紅樓夢

賈璉回到來又開始忙。因為元春被封為賢德妃，凡妃嬪家中有別院的，皇上都准許她們回家探親，和家人團聚。為了這件事，賈府決定要在寧榮兩府中間起一座別院，專門給元春省親之用。

省親別院主要是利用寧國府的會芳園，連接到榮國府東大院一帶，寧榮兩府原本中間有一條巷子隔開，起省親別院時就將巷子拆走。別院內的山樹木石，都挪用現成的，加上原本會芳園有一個水源可以引水，於是賈府堆山鑿池、起樓搭橋、種花養竹，再添置大批必要器具，很快就起好了。

為了迎接元妃省親之日，賈政帶住寶玉和大批文人雅士，一邊遊園一邊為園中各個地方起牌匾寫對聯，因為元春向來疼惜寶玉，賈政又想試下他的才氣，於是題字起名就當功課要寶玉負責。

正月十五上元節是元妃省親的大日子。前幾日已經有太監過來視察環境，元妃在哪裡更衣，哪裡受禮，哪裡開宴，賈府上下人等又由哪裡出入，哪裡吃飯，有甚麼禮儀要注意等，都安排妥當。再有官府安排清潔街道，驅趕閒雜人等，做好了準備。

到了省親正日一大早，賈府上下已經裝扮妥當準備迎接元妃。等了大半日，才見到有十幾個太監跑過來，按方位站好。大家知道元妃就快來到，賈赦帶住全族子弟在西街門外迎接，賈母帶住女眷在大門口迎接。

又過了許久，見十幾個太監魚貫過來，然後又有樂鼓的聲音傳來，然後一隊隊捧住各種用品

的太監，跟住才是八個太監抬着一頂鳳轎慢慢過來。元春一入別院，見裝飾富貴，又有樂聲處處，非常繁華，歎了口氣：「太奢華浪費喇！」

她將行宮石牌坊上面寫住的「天仙寶境」四字，換成「省親別墅」，然後進入行宮。賈赦、賈政等先按官位排班上殿，然後賈母等女眷都按身份排班，按朝中禮儀上殿後，元妃入偏室換衫，接着到賈母正室要按家禮行禮，賈母即刻跪低制止，不敢接受。

這個時候，元春才有機會和一班親人談話，她忍不住眼紅紅，想起自從入宮之後，就無再和親人見過面。元春一手挽住賈母，一手挽住王夫人，三個人都有成千上萬句說話想講，但去到嘴邊就一句都說不出，因為已經全部都哭不成聲。

跟住我行喇！

過了一會，元春才忍住眼淚說：「我好難得先返到屋企，大家唔好喊晒口咁喇，到時我走咗，又唔知幾時先可以再見……」說着她自己又再開始想哭，大家都轉過來安慰她。

元春一一見過親眷，聽說省親別墅的匾額是寶玉所題，開心地說：「真係有長進喇。」問起為甚麼不見寶玉，賈母說：「因為佢係喺朝中無職位嘅外男，唔敢擅自入來拜見。」於是元春叫人帶寶玉進來，擁着摸他的頭：「比以前高

咗好多……」未說完又忍不住流眼淚。

尤氏和鳳姐過來說筵宴準備好，請元妃遊園。於是元春叫寶玉帶路入園，只見亭臺樓閣，山水相間，既有鋪陳華麗，又有新奇點綴。元妃極加讚賞，又說以後不要再這樣奢華了。

遊完園回到省親別墅正殿，元妃題字，將園林總名為「大觀園」，然後又為園中各處樓閣賜名，如瀟湘館、怡紅院、蘅蕪院、藕香榭等。賜完名，又叫各姊妹為園中各處寫詩。

寫完詩，早有戲班等着做戲，然後元妃又賞賜各種財物，除了家中眾人外，戲子、廚工、僕人、雜工等全部有份。

不覺已經到凌晨一點幾，有太監走過來說：「貴妃，我哋係時候回宮。」

元春聽到又忍不住流眼淚，但她勉強地笑着說：「唔使掛住我架，你哋要照顧好自己。依家可以一個月入宮見一次面，唔使咁慘喎。如果皇上肯再俾我返嚟省親，你哋唔可以再咁奢侈浪費喇。」

賈母等人已經哭到說不出話，元春雖然捨不得，但皇家的規矩不可以違背，唯有忍心上轎回宮。

寶玉你高咗好多。

自從元妃省親之後，正月廿一日就是薛寶釵的生日。剛好賈母的姪孫女史湘雲都過來賈府玩。她不時就會來住幾日，和寶玉他們更加是從小玩到大。所以賈母就叫她留下，過了寶釵的生日才走。

因為今次是寶釵來賈府後的第一個生日，賈母說要幫寶釵做生日，還湊了錢給鳳姐添作酒水同戲班的費用。賈母又問寶釵喜歡甚麼戲，愛吃甚麼。寶釵心想賈母年紀較大，應該會喜歡熱鬧的戲碼，吃些又甜又煮得爛的食物，就依賈母的喜好來說。賈母聽了更加開心。

到了正日，在賈母內院搭了個戲臺，又有崑曲又有高腔，然後擺了幾圍家宴，除了薛姨媽、寶釵、史湘雲幾個，其他全部都是自己人。賈母先叫壽星女寶釵點一齣戲，寶釵就點了齣《西遊記》，賈母自然歡喜開心。

之後鳳姐、黛玉、寶玉、湘雲等全部點了一輪。到上酒席時賈母又叫寶釵點戲。今次，寶釵就點了《魯智深醉鬧五臺山》。寶玉就忍不住開聲：「你淨係鍾意點呢啲戲。」

寶釵答：「枉你呢幾年聽咗咁多戲，竟然唔識欣賞呢齣戲好喺邊度。」

第7回　寶玉悟禪機

寶玉說：「我最怕呢啲熱鬧嘅戲。」

寶釵笑着說：「你一講呢齣戲熱鬧，就更加表示你唔識喇。呢齣戲唔止唱得好聽，入邊一首〈寄生草〉嘅曲詞都寫得好好。」

於是解釋說這首曲詞寫魯智深出家了無牽掛，寶玉聽完拍手大讚，又讚寶釵甚麼都懂。黛玉在一旁說：「安靜啲睇戲喇，都未唱到〈山門〉，就喺度『裝瘋』。」原來〈裝瘋〉是另一齣戲，黛玉用來取笑寶玉。旁邊湘雲聽到都笑了起來。

大戲唱到夜晚才散，賈母喜歡做戲的小旦同丑角，叫他們過來賞了些菓點和銀兩。

鳳姐笑着說：「大家覺唔覺得呢個小旦同一個人好似啊？」

寶釵和寶玉點下頭但無說出來。偏偏湘雲口快：「我知我知，似林姐姐！」寶玉聽到，向湘雲猛打眼色。其他人聽到都笑着說：「真係好似。」

散場之後，寶玉就聽到湘雲和她的丫鬟翠縷說：「快啲執好包袱，我哋聽朝就走，唔使喺度睇人面色！」

寶玉急忙拉住她：「好妹妹，你錯怪我喇！林妹妹係個多心嘅人，個個怕佢嬲，所以先唔講。偏偏你直腸直肚講咗出嚟，佢點會唔嬲呢？我怕你得罪佢，先同你打眼色咋！」

湘雲摔開寶玉的手說：「個個都笑佢就得，我講就唔得？係嘅，我本來就唔配同佢講嘢。你呢啲花言巧語唔好對住我講，去講俾啲又中意嬲，又會管你嘅人聽喇。」說完就自己走去睡覺。

寶玉無辦法，又去找黛玉，誰知一入門口，就被黛玉推出去。原來黛玉聽到剛才寶玉和湘雲的說話。本來她並不放在心上，但聽到寶玉說自己小氣，就有點生氣。

寶玉原本就是怕她們不開心，才去做和事佬，誰知現在弄得兩邊都惱了自己。

他回到自己間房後，越想越覺得自己委屈，到底自己應該怎樣做人才對？又想起〈寄生草〉裡面的曲詞，覺得自己好像想通了，於是用筆寫下自己感悟的佛偈，又讀了幾次，覺得自己好像魯智深出家般了無牽掛，這才去睡。

誰知黛玉剛才見寶玉一聲也不出就走了，就藉口來找寶玉的丫鬟襲人，順便看看寶玉。

個個都笑我⋯⋯

襲人說他已經睡了，又將寶玉寫的佛偈給黛玉看。黛玉看完又好笑又好氣，就拿去給湘雲看，翌日又給寶釵看。

寶釵笑着說：「都係我嘅錯，尋日唔應該點咗齣咁嘅戲，搞到佢想學人出家咁癲。」說完就即刻將首佛偈撕爛，準備叫人拿去燒掉。

黛玉說不應該燒，應該要當面跟他說清楚。於是她們一齊去找寶玉，黛玉問他：「最貴重嘅叫做寶，最堅硬既叫做玉，你個名叫寶玉，咁你又有咩咁貴重有咩咁堅硬呢？」

寶玉給她這樣一問，完全答不出來。黛玉同寶釵都笑他：「咁蠢，仲諗住參禪。」

湘雲拍着手笑說：「寶哥哥，你輸咗喇！」

幾個人由佛偈開始講起，寶釵黛玉所說的，比起寶玉昨晚的感悟更加深入。

寶玉心想：「原來佢哋諗得比我更加深入，但都仲未完全明白人生嘅道，咁我又何必要自尋煩惱呢？」於是他就笑着說：「邊有參禪啊，我都係一時寫嚟玩下啫。」說完之後，四個人都不再惱怒對方，又像以前一樣玩樂起來。

林妹妹你開門先喇。

粵語 紅樓夢

第 8 回

西廂妙詞

元春回宮之後，想起這麼漂亮的大觀園，自己去過一次，父親賈政一定會好珍惜地封起不讓人進去，那就太可惜了。不如讓府裡的姊妹們搬進去住，寶玉最喜歡和姊妹們玩，都可以讓他一齊住進去。

賈政和王夫人收到訊息後，馬上安排人手清潔大觀園，佈置各處住所需要的物品。寶玉更加是開心到圍住賈母要這個要那個。還未說完，聽說賈政找他，寶玉即扭扭捏捏不想去，但不去不行，唯有一步當三步行，儘量拖延時間。

賈政正在王夫人房裡談話，寶玉去到門口，幾個丫鬟見寶玉那麼怕父親的樣子，忍不住笑，其中有一個叫金釧兒，輕聲跟寶玉說：「我今日有新嘅胭脂，你仲食唔食？」原來平時寶玉最喜歡拿她們的胭脂來吃。其他丫鬟都笑起來，急急推寶玉入房。

賈政見到寶玉，想起王夫人年紀大了才有這個兒子，自己的年紀也大了，平時嫌棄寶玉頑劣不聽話，今日反而沒那麼討厭。過了一會，他說：「元妃娘娘吩咐落嚟，叫你陪府入邊嘅姊妹一齊搬入去大觀園住，用心讀書。你以後唔好再咁百厭喇。」

寶玉見這次父親沒有教訓自己，巴不得馬上走。在門口

捕我聽故事

粵語 紅樓夢

又見到金釧兒，他伸了伸舌頭笑了笑，就匆匆忙忙走了。

　　到了搬入大觀園的日子。大家住的地方一早安排好，寶釵住蘅蕪院，黛玉住瀟湘館，寶玉就住在怡紅院。大家天天讀書寫字，有空就彈琴捉棋，畫畫寫詩，日子過得十分逍遙自在。

　　但寶玉很快就失去了興致，好像每一樣玩意都沒有了興趣，做甚麼都沒動力。

　　寶玉身邊的書僮焙茗見到這個樣子，知道他開始覺得悶，想來想去，有樣東西寶玉未見過，他一定有興趣。於是就到書店買了很多故事書。

　　寶玉一見到這些書，如獲至寶。焙茗說：「少爺，你千萬唔好拎入大觀園，如果被發現我就慘喇。」

　　但寶玉又怎會不拿進園呢？不過他就挑了幾本比較文雅的拿回去放在床頭，等沒人時看。

　　三月中，寶玉食完早飯，拿了本《西廂記》坐在一棵桃花樹下面看，剛好讀到一句「落紅成陣」的時候，突然一陣風吹過，桃花花瓣不停掉下來，一身一地都是。寶玉不忍心踩爛那些花瓣，就用外衣兜起，倒入溪裡。

但很快地上又有被風吹跌的花瓣。

「你喺度做咩啊？」突然間有人在後面問，寶玉回過頭，原來是黛玉。

黛玉擔着把花鋤，花鋤上面掛了個紗袋，手上拿着把花掃。寶玉笑着說：「你嚟得啱喇！快啲幫我掃起啲花，倒返落條溪度。」

黛玉說：「你倒落溪，咪又係嘥咗啲花。我喺嗰邊有個花塚，將啲花埋喺度仲好喇！」寶玉一聽，開心地說：「你呢個主意唔錯，等我放低本書同你一齊搞。」

黛玉問：「咩書嚟架？」

寶玉才想起焙茗說的話，唯有答：「咪都係嗰啲孔子曰之類嘅書。」

黛玉說：「唔使呃我喇，快啲俾我睇下喇。」

寶玉一邊把書遞過去給黛玉，一邊說：「都唔怕俾你知喇，不過你唔好同第二個講啊。呢本書真係寫得好好，睇到我連飯都唔願去食啊。」

粵
語
紅
樓
夢

黛玉拿起本書來看，越看越喜歡，不知不覺就看完。

寶玉又說：「我覺得我就係書入面個男主角，而你就係嗰個好似天仙咁靚嘅女主角！」

黛玉聽到之後，馬上滿面都紅了，指着寶玉說：「你謔人嘅，再係咁我就話俾舅父舅母聽！」說完轉身就走。

寶玉馬上拉着她：「好妹妹，我點會謔你呢！如果我謔你嘅話，就變成大烏龜！」

黛玉忍不住笑了出來。兩個人有說有笑又玩了一會，才將花瓣埋好。之後襲人來找寶玉，黛玉就自己一個走回去。經過梨香院時，聽到牆裡邊傳來一陣歌聲，原來是賈府的戲班正在排戲。

黛玉聽了會，聽到有句：「只為你如花美眷，似水流年。」意思是一個年輕女子雖然生得花一樣漂亮，但時間慢慢過去，再好再美的最後都會消失。

黛玉又想起剛剛讀到《西廂記》的一句「花落水留紅」，寫的是：落花雖然不願意離開樹枝，但偏偏就被風吹落水上，無奈地要跟着水流走。

這幾句說的都是，在這個世界上，很多時候人生都不是
自己可以控制。

黛玉覺得這幾句好像寫的是自己，忍不住就覺得自己就
像寫的一樣悽慘，心裡一陣陣痛，眼淚就這樣滴了下來。

呢本書真係
寫得好好！

越睇越鍾意！

寶玉有個同父異母的兄弟，叫賈環。他和他母親趙姨娘在賈府的地位都不是太高，丫鬟和僕人都不喜歡他們。

這日賈環剛剛從學堂放學，王夫人見到他，叫他抄寫《金剛經》。賈環唯有去王夫人那裡作樣子抄經，但一時叫人斟茶，一時叫人點燈。丫鬟們都扮聽不到。

不多久王夫人和鳳姐回來，之後寶玉也過來，結果所有丫鬟都走去服侍寶玉。

賈環見到又怒又妒嫉，扮不小心地就將枱面的燈火對住寶玉的面推過去。

只聽到寶玉「哎呀」一聲大叫，滿面都是熱辣辣的燈油。王夫人嚇得馬上叫人幫寶玉清洗搽藥膏，鳳姐也出聲：「你呢個老三，做嘢咁雞手鴨腳嘅。平時趙姨娘應該多啲管教下你。」王夫人一聽，馬上叫人找趙姨娘過來罵。趙姨娘見寶玉面上起了水泡，不敢反駁。

過了一日，寶玉寄名的契媽馬道婆過來，見到寶玉的面這樣嚇了跳，馬上幫寶玉作法，說很快就會好。馬道婆懂得些旁門左道的法術，她跟賈母說因為鬼神忌妒寶玉，要做多點好事，積下陰德才會沒事。

掃我聽故事

粵
語

賈母問她應該怎樣做，馬道婆說：「我屋企長期幫啲皇親國戚供奉長明燈，老祖宗你幫寶玉添香油嘅話，因為係長輩，添得太多驚受唔起，反而會折福，一日五斤七斤都夠喇。」

賈母就說：「咁就一日五斤喇。」

馬道婆見完賈母，又到各房打下招呼，之後就來到趙姨娘那裡。趙姨娘問她：「早兩日我叫人送咗五百錢過來，唔知你幫我供奉咗菩薩未呢？」馬道婆說：「一早幫你供奉好喇。」趙姨娘歎口氣：「如果我手頭再多啲錢，都可以多啲來供奉，可惜我無乜能力。」

馬道婆說：「等環哥仔大個，做咗大官，你想供奉幾多都得。」

趙姨娘說：「咪再提喇，我哋又點同人比呀。所有人都鍾意寶玉，咁都算喇，但係我心入邊又唔係好服當家嘅嗰個。」

「你係咪講緊璉二奶奶呀？」馬道婆說。趙姨娘見她那麼大聲，嚇到馬上看了看外面，見沒有人才放心。馬道婆神神祕

好危險呀！

第 9 回

祕地說：「我有辦法，只要你肯俾錢就得！」

趙姨娘馬上支開丫鬟，關上房門，偷偷地塞了些首飾給她，再寫了五十兩的欠單，馬道婆才笑着答應。她剪了兩個紙人，在上面貼上寶玉和鳳姐的時辰八字，然後說：「等我返去作法。」

另一邊，黛玉知道寶玉燙到面，就去探望他。不多久，突然間寶玉大叫：「哎呀！我個頭好痛！」然後整個人彈起，口裡胡亂說着甚麼。黛玉和其他丫鬟都嚇到不知怎麼辦，馬上叫人去通知賈母和王夫人。大家聽到消息都過來，就見到寶玉一時衝去拔刀，一時又去拿棍，要生要死的。賈母跟王夫人嚇到一邊哭一邊不停地說「心肝寶貝」，連賈政、賈赦、邢夫人、賈珍、賈璉等人都驚動了，賈府上上下下都過來，整個大觀園亂成一團。

大家都不知怎麼辦的時候，又見鳳姐拿着把刀衝入大觀園，見雞劏雞，見狗劏狗，見到人都想砍過去。周嬤嬤和幾個氣力比較大的女人上前抱住鳳姐，搶了她的刀，又合力抬她回房。

放低把刀先喇！

到第二天，有人送符

水來，有人請醫生，但寶玉和鳳姐二人情況更差，全身好像着火般發熱，在床上胡言亂語，一入夜情況就更加嚴重。

過了三天，兩人已經沒甚麼起色，賈府上下都想說沒得救了，趙姨娘表面好像很擔心，但內心其實很開心。

第四日寶玉突然清醒了一回，對賈母講：「你哋都係快啲打發我走喇。」賈母聽到心都碎了。趙姨娘在旁邊安慰：「老祖宗你唔好咁傷心喇。與其寶哥兒咁樣受苦，不如等佢早啲安心走喇。」

賈母一口口水吐在趙姨娘身上，一邊哭一邊罵，突然又有人來報告，說兩副棺材都做好了，賈母更加受到刺激：「邊個話要做棺材架？同我打死做棺材嗰個。」

正吵得天翻地覆時，突然傳來一陣敲木魚的聲音，聽到有人說：「南無解冤解結菩薩！有家宅不安，中邪逢凶嘅，來搵我哋醫喇。」

賈母和王夫人馬上叫人去找。原來是一個癩痢和尚跟一個跛腳道士。

賈政將兩人請進來。和尚說：「我知你屋企有人中咗邪，

不過只要你哋有稀世奇寶可以醫。」

　　賈政猜他說的是寶玉那塊通靈寶玉，馬上叫人拿過來，和尚接住之後，捧在手上說：「唉，自從青埂峰之後，已經十三年喇。時間過得好快，你嘅塵緣未斷，奈何奈何。」

　　說完之後就唸了兩句偈，又摸着塊玉不知唸了些甚麼就還給賈政，說：「將塊玉掛喺床頭，除咗親人之外，唔好俾女性行近，三十三日之後包你好返。」

　　賈政叫人照着和尚說的做，鳳姐跟寶玉果然慢慢好轉。過了三十三日之後，就完全好了。

寶玉病好之後，又跟以前一樣，每日遊手好閒。這日一早襲人叫寶玉不要留在房內，要出去玩下。寶玉就去找黛玉聊天。聊了一會，襲人急急過來，說賈政正叫寶玉過去。寶玉一陣心慌，但不去不行，唯有馬上出門。剛出門又見到書僮焙茗正在催促，更加不敢慢吞吞。

走沒多遠，牆邊跳出一個人，拍着手大笑：「唔係話姨丈叫你，你都無咁快出來。」原來是薛蟠連同焙茗來騙寶玉。於是寶玉去薛蟠那裡飲酒傾計，飲到醉醺醺才回到怡紅院。

另一邊，黛玉以為賈政叫寶玉過去，擔心是不是有事，但過了整日都未見寶玉回來。到吃完晚飯才知寶玉已經回到怡紅院，於是過去看看有沒有事。

黛玉遠遠見到寶釵進了怡紅院，但當她走到門口時已經關了門，唯有敲門。

誰知寶玉的丫鬟晴雯因為和其他人鬥氣，又見寶釵夜晚才過來，內心不斷抱怨：「已經咁夜都過來坐，我哋唔使瞓覺咩。」然後又聽到有人敲門，更加生氣，也不問是誰，直接就答：「瞓咗喇，聽日先嚟喇。」

黛玉知道大觀園裡的丫鬟向來喜歡互相開玩笑，怕裡

掃我聽故事

粵語 紅樓夢

面的人誤會自己是其他丫鬟，於是大聲說：「係我，仲唔開門？」

晴雯偏偏聽不出黛玉的聲音，就說：「理得你係邊個。寶二爺話，咩人都唔可以放入嚟！」

黛玉聽完，呆了呆，正想發脾氣，轉頭又想：「雖然話喺賈府同自己屋企一樣，但話晒都係客人。自己父母雙亡，依家寄人籬下，仲有咩資格好發脾氣呢？」

她一邊想，一邊覺得委屈。怡紅院裡面又傳來寶玉同寶釵說笑的聲音。黛玉又想起今早自己對住寶玉發了個小脾氣，以為寶玉因為這樣而不理會自己，更加越想越傷心，站在那裡不停流淚。

之後回到自己房，黛玉坐在窗邊又哭又愁，一直坐到半夜才去睡。

第二日是二十四節氣之一的芒種，按習俗會有祭祀花神的儀式，鳳姐、李紈、寶釵等人都在大觀園裡辦餞花會，但眾姊妹中獨不見黛玉一個。原來她因為昨晚失眠，遲了起床。

黛玉聽說各姊妹正在辦餞花會，急忙梳洗完就出來。剛出門口就碰到寶玉。

黛玉完全不理他,直接就走過了,寶玉只能在後面跟着。走了一會遇見探春和寶釵,三個人說了兩句,探春見到寶玉在後面跟住過來,就同他到一邊說私己話,說了陣,寶玉一望,黛玉又不見了。

緣起緣滅
不由人

寶玉知道黛玉特地避開自己,心想等多兩日她消了氣先再去哄她。又見一地都是落花,歎口氣說:「佢嬲到無再收拾啲花瓣,等我幫佢收拾喇。」待寶釵她們走遠了之後,他就用衫兜住花瓣,走到那日他同黛玉葬桃花的地方。還未走到,就聽到山坡那邊有人在哭。

原來黛玉見到花都謝了,生到多美都沒用,忍不住由花想到自己,越想越傷心。誰知一旁的寶玉聽到,都哭了出來。

黛玉聽到聲音,回頭一望,原來是寶玉,就板起臉說:「我仲以為係邊個,原來係你呢個狠心短命嘅⋯⋯」說到「短命」的時候,又怕真會詛咒到他,就掩住口,歎了口氣就走。

寶玉見黛玉不理他,跟上去說:「你企喺度。我知你唔會理我,但你聽我講一句,就一句。」黛玉說:「請講。」

寶玉歎口氣說：「早知今日，又何必當初。當初你嚟嘅時候，我中意食嘅野，你想食，就俾你；我中意嘅野，你話要，就拎去。凡係丫鬟無留意到嘅事，我驚你唔中意，都會幫你諗埋。依家，你三日唔埋兩日，就嬲我一次。我以為我哋個心都係相通嘅，點知原來唔係。」他越說越傷心，還說到流起眼淚來。

黛玉聽完都忍不住開始滴眼淚。寶玉見到她哭，不忍心繼續怪她，就說：「我知我唔好，但我有咩做錯，你話我知，打我鬧我都好，就係唔好唔理我，你咁樣叫我三魂唔見七魄，點算好呢？」

黛玉聽完都不再生他的氣，於是說：「既然你咁講，點解我尋晚去搵你，你叫丫鬟唔好開門？」

寶玉好奇怪地說：「哎呀，我都唔知你有嚟過，如果我有咁做，就叫我天打雷劈！」

黛玉即刻說：「好啦好啦，我信你就係，亂發咩誓！」黛玉心想應該是丫鬟自己懶，亂說話，又笑着說：「你啲丫鬟要好好管教下喇。今次得罪我係好小事，但第時唔小心得罪咩寶姑娘貝姑娘，咁就大件事喇。」寶玉聽完又好氣又好笑，但兩個人終於和好如初。

初 一這日，因元妃打賞賈府上下，在清虛觀打醮唱戲，賈母帶着賈府眾人到觀裡參拜，做完法事後，道士捧出傳道的法器給眾人，有金有玉，有保佑歲歲平安，有祈求事事如意。

掃我聽故事

寶玉見當中有一個金麒麟，聽寶釵說湘雲也有一個，心裡就留意了，趁大家不留意就收起，誰知被黛玉見到。

寶玉有些不好意思，又拿出來：「呢件嘢幾得意，我幫你袋住，返到再用條繩穿起俾你戴，好唔好啊？」

黛玉轉開頭說：「我先唔稀罕！」

寶玉笑着說：「你唔稀罕，咁我就要咗佢喇！」又將金麒麟收起。

第二日黛玉因為中暑留在房裡休息，寶玉知道後馬上去探她。其實他喜歡黛玉，黛玉又喜歡他，但兩個人偏偏都不肯講出來，成日互相試探，結果弄出不少誤會。兩個人聊着聊着，黛玉說起寶玉有甚麼「金玉良緣」，但自己又無金鎖，又無麒麟，寶玉發起脾氣，將貼身戴着的通靈寶玉扯出來，用力扔到地上：「乜鬼嘢玉，掟爛佢就一了百了。」

第 11 回

金麒麟

但那塊玉堅硬無比，角都沒崩一個，寶玉轉身又找其他東西來砸這塊玉。兩個人吵來吵去，丫鬟們都勸解不了，最後驚動了賈母和王夫人。隔了兩天兩個人都覺得自己有點過份，寶玉又主動陪罪，於是又和好如初。

過兩日，王夫人和寶釵、黛玉等幾個在賈母房聊天。有下人說：「史姑娘嚟咗。」過多會就見史湘雲帶着幾個丫鬟走進來。眾姊妹跟湘雲好幾個月沒見，今次再聚當然親熱。

賈母見湘雲穿的衣服多，說：「天氣咁熱，快啲除減啲衫喇。」王夫人都笑着說：「着咁多衫做咩呢？」

寶釵笑說：「姨媽你唔知喇，湘雲最鍾意着人哋嘅衫。你記唔記得舊年三四月佢喺度住嗰陣，着咗寶兄弟嘅衫，連老太太都以為真係寶玉。」大家想起湘雲以前的裝扮，都笑了起來。

正談話間，寶玉走了進來。黛玉跟湘雲說：「你嘅寶哥哥有好嘢要俾你。」

湘雲說：「有咩好嘢？」

寶玉笑着說：「你咪聽佢亂講喇。幾日無見，又高咗喎。」反而湘雲帶了禮物要送給幾房的大丫鬟，賈母房的鴛

鴦，王夫人房的金釧兒，鳳姐房的平兒，和寶玉房的襲人。賈母就叫她跟幾位姊妹去大觀園逛逛。

於是眾人各自散去，湘雲只是帶着自己的丫鬟翠縷。翠縷見大觀園裡的石榴樹長得好，湘雲說：「花草同人一樣，氣脈足就生得好。天地萬物都因陰陽二氣而生，或正或邪，或奇或怪，千變萬化，但道理都一樣。」

翠縷笑着說：「咁姑娘你嘅金麒麟，唔通都有陰陽？」

湘雲說：「飛禽走獸，有雌有雄，自然都有陰有陽。」

翠縷又問：「咁你呢隻係公定乸？」

湘雲忍不住板起臉來：「咩公乸？越講越離譜。」

哎呀！
唔見咗呀！

正說着，見到不遠處的薔薇架有甚麼東西金光閃閃的，翠縷拾起一看，笑着說：「可以分到陰陽喇。」原來撿到一個金麒麟，比湘雲戴着的那個要大些。

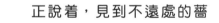

突然見到寶玉走過來，問：「做咩喺度曬太陽，唔去搵襲人？」湘雲收起那個金麒麟說：「正想去，我哋一齊行喇。」

到了怡紅院，襲人見湘雲過來，馬上出來迎接。寶玉對湘雲說：「你應該一早過來，我有一樣嘢正等緊你來。」說完，在身上找來找去找了半天，又問襲人：「前兩日得到嘅嗰個麒麟你收埋咗？」

襲人說：「你日日袋喺身，點解問我呢？」

寶玉拍了下手說：「哎呀，唔知跌咗喺邊，點搵呢？」

湘雲聽到，知道剛才撿的金麒麟是寶玉跌的，笑着問：「你幾時又有隻麒麟呢？」

寶玉說：「前兩日好不容易先拎到。都唔知係幾時唔見咗，我都真係大懵。」

「你睇下係唔係呢個？」湘雲拿那個麒麟出來，寶玉一看，開心得不得了：「好彩係你執到。」

襲人沖了茶過來給湘雲，笑着說：「大姑娘，聽講你有大喜喎。」湘雲紅着面，只是喝茶不肯答。

粵語 紅樓夢

62

過了會有下人來叫寶玉：「應天府知府過咗來，老爺叫二爺出去接待。」襲人馬上拿衣服過來給寶玉換，寶玉一邊穿靴一邊抱怨：「有老爺陪佢咪得囉，次次都要我過去。」

湘雲說：「就算你唔去考舉人進士，應酬下呢啲官場人物都好呀，成日痴住我地姊妹又做到啲咩呢？」

襲人馬上說：「大姑娘你唔好話佢喇。上次寶姑娘先話完，佢即刻起身走，都唔理係咪落咗人面。好彩係寶姑娘咁大方咋，如果係林姑娘咁比佢落面法，又唔知要鬧成點喇。」

寶玉話：「林姑娘有講過呢啲混賬說話咩？如果佢都有講，我一早唔理佢喇。」說完就匆匆換好衣服出門口。

你係咪搵緊呢個？

寶玉見完應天府知府賈雨村，聽說王夫人房的丫鬟金釧兒出了事，又被王夫人教訓了一頓，一時不知去哪裡好。他低頭慢慢走出大廳，誰知迎面碰到父親賈政。賈政見他沒有神氣就有點生氣：「頭先雨村過來，叫你出來陪客，做咩要搞半日先出來？出咗嚟做咩又愁下愁下咁樣？依家又喺度唉聲歎氣，你到底搞咩？」

掃我聽故事

話未說完，忠順親王府有人不見了，派人來賈府找寶玉要人，原來是和寶玉相熟的一個戲子。寶玉唯有說出戲子的下落，賈政氣得面容扭曲，一面送親王府的官員出去，一面喝住寶玉：「你同我企喺度，轉頭我仲有嘢問你。」

賈政送完人，一轉身就見到賈環帶着幾個下人亂跑，賈政大聲喝住：「你跑咩？成隻野馬咁。」

賈環見是父親，已經嚇到腿軟。又見賈政好像很生氣，趁機說：「頭先經過井邊，見到有個丫鬟浸死咗，先至趕住跑過來。」

賈政說：「好哋哋，點會有人跳井浸死！」就叫下人去找賈璉。

賈環馬上跪下拉着賈政，輕聲說：「呢件事得太太房嘅人知。聽講係……寶玉哥哥前排喺太太房非禮丫鬟金釧兒不

成，又打佢，金釧兒就去咗跳井自殺。」

原來兩天前寶玉去找王夫人，因為天氣熱，王夫人在涼蓆上睡午覺，金釧兒在一旁幫她揉骨。

寶玉見王夫人睡了，大着膽給了顆糖金釧兒吃，又講了幾句笑。誰知王夫人一翻身，就一巴刮在金釧兒臉上，大罵：「好哋哋一個少爺，比你教壞晒。」

寶玉嚇得一溜煙跑掉，剩下金釧兒一個聲不敢出。

王夫人氣得要金釧兒馬上離開，無論金釧兒怎樣哀求都沒有用。過了兩天，金釧兒就跳井死了。為了這件事，王夫人都很自責，覺得自己對不起金釧兒。

這邊賈政一聽賈環講完，氣到一邊衝去書房，一邊大叫：「同我捉寶玉過來，攞棍嚟！攞繩嚟！閂埋門，如果有人傳到入邊比老太太知道，就同我打死佢！」

這個時候寶玉還在大廳等着賈政，他心知今次慘了，偏偏身邊又沒有人。等了好久先遇到個老嬤嬤，偏偏又有點耳聾，幫不了寶玉傳訊息給王夫人。跟着賈政身邊的僕人過來，迫着寶玉去書房。

賈政一見到寶玉，都不想再說他做過的荒唐事，紅着眼說：「塞住佢把口，同我打死佢。」眾僕人不敢不聽，將寶玉按在凳上，用大板一連打了十幾下。

　　寶玉不敢求饒，只是嗚嗚嗚地哭。賈政嫌打得不夠大力，踢開拿板的那個，自己搶了塊板，用盡力又打了十幾下。

　　寶玉一開始還會叫喊，但後來已經連氣都快沒了。有人見情況不大對想上前勸說。賈政哪裡肯聽，說：「都係你哋縱壞晒佢，今日已經搞出人命，你哋都仲嚟勸？唔通要第日連我都殺埋你哋先唔勸？」

　　大家一聽，知道這次真的沒辦法了，就叫人進去通知王夫人跟賈母。

　　很快王夫人就趕到，賈政見到她，不但沒有停下來，反而更用力打。寶玉已經被他打得動都不動。

再大力啲打！

　　王夫人哭着衝上去抱住塊板說：「寶玉係抵打，但老爺你都要小心自己身體！何況老太太身體又唔好，打死寶玉事

小，如果老太太有啲咩，咁就大件事喇。」

賈政冷笑說：「我養呢個不肖子已經係不孝，平時教訓佢就有一大班人來呵護佢，不如趁依家打死佢，免得第時後悔。」

王夫人抱住寶玉哭着說：「我五十歲先得呢一粒仔，你要打死佢，不如打死埋我算數！」

賈政歎了口氣，坐在椅上不停流淚。王夫人見寶玉已經面色蒼白，大腿到屁股又青又紫，衣服上都是血漬，更加哭到無法止聲。

然後聽到窗外傳來賈母的聲音：「打死我先，再打死埋佢，咪咩都乾手淨腳囉！」

　　賈政聽到母親過來，馬上出書房去接，見賈母扶着丫鬟，喘着氣趕過來，便上前彎腰說：「咁熱嘅天時，老太太有咩吩咐叫我過去就得，唔好自己行過嚟。」

　　賈母停下來喘着大氣，然後很嚴厲地說：「我係有嘢想講，但我一世人無養好個仔，同得邊個講。你都唔諗下當初你父親係點樣教你！」說着說着，賈母就哭起來。

　　賈政說：「老太太唔好傷心，我都係一時急起上嚟火遮眼。以後唔打佢就係。」

　　賈母冷笑說：「你嘅仔你要打就打，睇來我哋你都厭煩喇，不如我同你老婆同埋寶玉，執包袱返金陵，唔使你眼冤。」就要叫人準備轎子。

　　賈政跪下來不敢再說話。賈母不理他，走過去抱起寶玉。有丫鬟要過來扶起寶玉，旁邊的鳳姐大罵：「糊塗，掰大眼睇下，咁嘅樣仲行唔行到？仲唔快抬張春凳來！」於是眾人將寶玉放上春凳，抬到賈母房裡。

第 13 回

結海棠社

寶玉受傷後，黛玉跟寶釵經常去看他，送藥膏給他搽，身邊的丫鬟又一直圍住他轉，服侍得很好，不久就差不多好了。

過了幾日，賈政有事要離開京城一段時間。他一走，寶玉就好像出籠雀，每日在賈府與大觀園裡面周圍玩樂。

這日他剛剛去完王夫人那裡，就收到探春給他的訊息，說想請他一齊組個詩社，跟其他姊妹一齊吟詩作對。

寶玉這陣子才覺得有點無聊，有個這樣好的提議，當然拍手答應。

寶玉去到探春住的秋爽齋，原來寶釵、黛玉、迎春、惜春一早已經到了，過多會，寶玉的大嫂李紈也到了。因為她的輩份最高，就決定由她做社長，迎春跟惜春是副社長。

黛玉說：「既然係詩社，大家都係寫詩嘅人，就唔好再互相稱呼阿嫂叔仔姊妹喇。」

李紈說：「無錯無錯，我哋應該改返個別號。」於是眾人根據自己住的別院起外號，李紈叫「稻香老農」，寶玉就叫「怡紅公子」，黛玉叫「瀟湘妃子」，寶釵叫「蘅蕪君」。

掃我聽故事

第
13
回

結海棠社

李紈說：「既然係咁，就等我出題先喇。我啱啱見到有人抬咗兩盆白海棠入嚟，就用白海棠做題目。」

然後負責限韻的副社長迎春就走到書架前，抽了本詩集出來，隨手掀到一首七言律詩，於是大家都要寫七言律詩。然後見一個丫鬟站在門旁，就用「門」字來押韻。

律詩是古詩的一種格式，共八句，每句用的字數是一樣的。例如要寫七言律詩，即指這首詩一共有八句，每句都要有七個字。而且律詩要求第二、四、六、八句的最後一個字要押韻。迎春限定大家要用「門」字來押韻，即是說韻母要一樣，例如「門」、「盆」的韻母是一樣的。

很快大家都寫好了詩。大家互相看完寫好的詩，討論了一番，李紈說：「第一第二就一定係瀟湘妃子同蘅蕪君，不過要論最好，都係蘅蕪君！包尾嘅呢，就係怡紅公子，你服唔服啊？」

寶玉笑着說：「稻香老農雖然唔識寫詩，但評詩就好有一手，我點會唔服，但佢哋嘅第一第二，我覺得要再評！」

但李紈就說：「評詩係我嘅事，再多講就要罰喇。」寶玉只能作罷。

詩社就這樣成立了起來，定了每個月聚會寫詩的日子，然後又用今日出題的海棠命名，叫做「海棠詩社」。

寶玉回到怡紅院之後，又去賞了會海棠，跟襲人說起詩社的事，突然想起，哎呀，漏了湘雲！

他馬上去叫賈母接湘雲過來住兩日，但因為已經入夜，賈母就說翌日一早去接。翌日一早，寶玉很早就去找賈母，終於派了人去接湘雲。寶玉等了又等，要到下午才見湘雲過來。

湘雲見到昨日的題目，隨手就寫了兩首。大家一邊對她的詩讚不絕口，一邊說一早就應該邀請湘雲組詩社。

等我寫返首好詩先！

湘雲說：「既然係咁，聽日就等我做主，再開一場詩會喇！」

第二日，湘雲不但請了詩社的人，還叫了賈母、王夫人、鳳姐她們一齊來賞桂花。又請寶釵帶了些螃蟹過來，開了個螃蟹宴。大家一邊賞桂花，一邊吃螃蟹，不知多開心。

賈母她們吃飽飲醉，說不打擾年輕人們玩，都準

備回去休息，又叫寶玉不要吃太多螃蟹。賈母、王夫人等人走了之後，詩社的活動才正式開始。

湘雲以菊花為主題，雖然不限韻，但定了十二個題目，例如「問菊」、「憶菊」、「種菊」等，用針釘在牆上，叫大家各自挑一個來寫。

於是大家都開始思考要寫哪一個題目，黛玉一邊想一邊釣魚，寶釵就一邊想一邊賞桂花，寶玉一時看看黛玉釣魚，一時又和寶釵說兩句笑。

黛玉放下釣竿說：「食咗啲蟹，好似心口有少少唔舒服，要飲返杯暖酒暖下。」

寶玉馬上說：「有熱嘅酒。」即叫人熱一壺酒過來。

黛玉喝了口就放下酒杯，寶釵都過來喝了杯，然後很快就在第一個題目上寫下自己的名字。寶玉即說：「好姐姐，第二個題目我已經作咗一半，你讓俾我喇。」寶釵笑着說：「我好唔容易先諗好一個題目，你就緊張成咁。」

寫咩題目好呢？

很快大家都挑好自己想寫的題目。黛玉一連寫了三首，李紈說：「今日呢三首係最好，無論題目定係意思都好有趣，睇嚟第一名非瀟湘妃子莫屬啦！」

寶玉聽到比自己贏了還開心，拍着手說：「無錯，無錯，評得好！」

之後眾人互相點評大家的詩，寶玉又挑戰大家寫螃蟹詩，玩到盡興才散。

林妹妹
真係寫得好！

且說平兒吃完螃蟹宴，回到屋裡，見上次來的劉姥姥帶着外孫板兒又來了，周嬤嬤和幾個丫鬟正在陪她談話。原來劉姥姥家裡種的瓜果蔬菜剛有收成，就拿了些過來給大家試試。

掃我聽故事

周嬤嬤說螃蟹宴看來要吃掉七八十斤蟹。劉姥姥說：「呢一餐嘅銀兩都夠我哋一家人食一年喇。」

正說着，劉姥姥見天色差不多，怕趕不及出城，就準備走。誰知賈母聽說她來了，就派人來叫劉姥姥過去。

劉姥姥一進賈母房，見到房裡的夫人姑娘花枝招展，珠光寶氣，都不知是誰跟誰，只認得一個鳳姐陪着個老太太談話，就知道是賈母，馬上過去打招呼。

賈母說：「我聽鳳丫頭話你帶咗啲瓜果來，啱啱先想要試下新鮮收成嘅蔬果，出邊買嘅始終無自己種嘅咁好食。」

劉姥姥說：「呢啲粗嘢，都係食個新鮮啫。反而我哋想食魚呀肉呀，不過食唔起。」

賈母叫劉姥姥留下來住兩三日，劉姥姥又說了些鄉下的故事給賈母聽，哄到賈母成晚都很開心。

第二日天朗氣清，賈母一早已經進大觀園，見李紈準備了大盤各色菊花，挑了朵大紅的簪在髮鬢，見到劉姥姥來了，又招呼她過去戴花。

鳳姐笑着說：「等我幫你打扮。」將一盤花十幾隻五顏六色的，都插在劉姥姥頭上，賈母跟其他人在旁邊笑個不停。

劉姥姥說：「我呢個頭今日有福氣啦。」

逛了會，眾人在沁芳亭休息，賈母問：「你睇呢度點呀？」

劉姥姥說：「呢度靚到好似幅畫咁，你話如果有人可以畫落嚟，等我拎返去威下幾好呀。」

賈母指着惜春笑說：「我呢個孫女畫畫最叻，過兩日叫佢將大觀園畫落嚟。」

到了吃早飯的時候。賈母叫劉姥姥坐在她旁邊。劉姥姥坐下後，一拿起對筷子：「哎唷，你哋啲筷子，仲重過我屋企把鐵鏟啊！」

其他人忍不住笑起來。鳳姐特地放了碗鵪鶉蛋在她面前，劉姥姥說：「呢度連啲雞蛋都的骰過人嘅。」

鳳姐說：「呢啲蛋一兩銀一粒，凍咗唔好食，快啲趁熱食。」誰知對筷子又重又不趁手，怎麼也挾不到。好不容易才挾起一顆，誰知一滑就掉到地上。劉姥姥想去拾，已經被下人拾走了。

劉姥姥歎了口氣：「一兩銀，咁就無咗。」

賈母笑得淚水都流出來，說：「一定係鳳丫頭嘅鬼主意，仲唔快啲換過對筷子俾姥姥！」

吃完早飯又繼續逛大觀園，跟着就在綴錦閣喝了一會酒，劉姥姥連灌幾大碗，喝到整個人都有點醉了，開心地跳起舞來。

有奶媽抱着鳳姐女兒巧姐過來，巧姐抱着顆柚子，見到劉姥姥孫子板兒抱了個佛手，又想要，丫鬟就拿巧姐的柚子跟板兒交換。

誰知劉姥姥飲了酒，又吃了很多油膩的食物，肚子有點不舒服，就上了回廁所。上完後給風一吹，她年紀又大，又有點醉，一時分不清方向，只見周圍都是亭臺樓閣、山石樹木，不知是哪裡跟哪裡，見有條小路，就沿路走過去。

走了一會走到一間屋前，又找不到門口，兜來兜去，見有個水池，又有石子路，就跟着走，轉了兩個彎，見一個門口，走進去，迎面有個女孩一臉笑容，劉姥姥笑着說：「姑娘你哋掉低我，等我搵咗好耐路。」

但那個女孩不應她，劉姥姥走上前想拉她的手，就撞到板上，原來是一幅畫。

劉姥姥一轉身，見旁邊掛了一道簾，就揭簾進去，裡面四面牆掛滿精美的擺設，又見到一個老婆婆走進來。

她以為是賈母，就問：「親家你都嚟咗。好彩你嚟搵我咋。」又見親家戴了一頭的花，笑着說：「你見呢度啲花靚，戴到成頭都係，都唔怕比人笑。」

戴咗花
好好睇呀！

伸手要去笑她，誰知碰到後，又硬又涼涼的，原來是一面鏡子。

劉姥姥轉了圈，見有張床，自己又走得累了，一屁股坐上去，心想：「抖一陣先。」就這樣睡在床上。

眾人見她上廁所很久都未回來，笑說：「哎呀，唔會跌落廁所嘛。」即叫人去找，但找來找去都找不到。

襲人心想，會不會飲醉酒又迷了路？她想那條路可以通到怡紅院，就回去看一看。一入門就聞到股很濃的酒味，又聽到打雷般的鼻鼾聲，果然見到劉姥姥睡在寶玉張床上，嚇得她馬上推醒姥姥，又怕寶玉介意，只跟眾人說見到姥姥在地上睡着了。眾人也就不再理會。

賈母一時興起，讓惜春負責畫大觀園，鳳姐叫人準備大量畫具顏料送進園裡，寶玉都每天到惜春那裡幫忙。其他姊妹也經常過來，既可以看畫，又可以聚會。但黛玉因為身體弱，一到春分秋分這些時節，就會舊病復發。最近入秋，因為陪賈母出去玩了幾回，又比過往咳得嚴重些，只能儘量不出門，留在屋裡休息。

這日寶釵來探黛玉，見她的病一直無法完全治好，就說不如找個好點的大夫來，一次醫好，不用年年春秋都受折磨。黛玉歎氣說自己出世時身體就差，應該都很難醫得好。

寶釵說：「古人有話，食穀者生，你平時食開嘅都唔得補下氣血，都唔係好事。」於是提議她每日早上熬燕窩粥，滋陰補氣，比吃藥還要好。

黛玉歎了口氣，說：「我份人比較多心，平時見你對人咁好，成日以為你係扮出來嘅。依家先知自己錯得好緊要。我咁大個女，除咗娘親，從來無人好似你咁關心我。」

跟着又說：「煮燕窩粥雖然容易，不過為咗我呢個病，已經麻煩咗好多人，老太太佢哋梗係無問題，只不過底下啲人平時已經唔多鍾意我，我又唔係呢度真正嘅主子，再搞咁多事，咪盞俾人背後講閒話。」

寶釵說：「要咁講，我同你都係一樣。咁啦，燕窩我嗰度仲有，聽日送啲過嚟，你每日叫丫鬟煮啲，就唔怕比人話勞師動眾喇。」

黛玉聽完覺得有點感動，見寶釵聊多兩句就要走，又叫她夜晚再來。誰知到了下午，開始落起雨來，到了黃昏，天色就更加暗。

黛玉知道寶釵應該都無法過來，就隨便拿了本書看，原來是講關於離別跟思念的詩詞。黛玉讀着讀着，有感而發，忍不住拿起筆來寫了兩句：

不知風雨幾時休，已教淚灑窗紗濕。

黛玉寫完又讀了幾次，剛放下筆想去睡覺，聽到有丫鬟說：「寶二爺嚟咗！」話未說完，就見到寶玉戴着頂大笠帽，身上披着件蓑衣走進來。

黛玉忍不住笑說：「邊度嚟嘅漁夫啊？」

寶玉反問她：「今日點呀？食咗藥未？食唔食得落飯？」然後摘了頂帽子，脫掉蓑衣，舉起燈照了照黛玉的臉說：「嗯，今日面色好啲喇。」

黛玉見他除了蓑衣後，全身都沒濕，就問他：「呢件蓑衣邊度嚟架，真係唔怕雨喔，連對腳都無濕到。」

寶玉笑着說：「北靜王送架，係一整套嘅，仲有對木屐，不過除咗喺出面。如果你鍾意，我都攞一套嚟送俾你啊。其他兩樣都還好，但呢頂帽最有趣，冬天落雪都可以戴。」

黛玉就說：「我先唔要，戴咗成個漁婦咁樣。」一說出口就後悔。自己剛剛才講完寶玉像漁夫，這回說自己像漁婦，好似一對，羞得滿臉都紅了，趴在桌上一陣咳。

不過寶玉沒留意到，見桌上有首詩，拿起來讀了讀，忍不住大讚。

黛玉急忙搶走，用蠟燭燒了。寶玉笑着說：「我已經記熟喇。」

黛玉說：「我要休息喇，你聽日再嚟過喇。」

寶玉拿了隻懷錶出來，才發現原來已經很晚，說：「真係應該要瞓喇，又打擾咗你半日添。」

呢頂帽好有趣。

說完披起蓑衣就出去，轉頭又進來問：「你有無咩想食？我聽朝同老太太講一聲，好過底下啲人講得唔清楚。」

黛玉笑着說：「我今晚諗一諗，聽日一早話你知。你快啲去喇，啲雨越來越大喇。」說完，借了盞下雨合用的玻璃繡球燈給他，寶玉說：「我都有一盞，不過驚啲丫鬟跌腳打爛，所以無用到。」

黛玉說：「你話打爛盞燈緊要啲，定跌親個人緊要啲？你又着唔慣木屐，呢盞燈又輕又夠光，呢啲天氣正啱用。」寶玉聽完，接了過來。

他前腳剛走，後腳就有蘅蕪院的人送一大包燕窩跟冰糖過來，說：「呢個好過出面買嘅，我哋姑娘話，請林姑娘食住先，食完我哋再送嚟。」

黛玉收起燕窩，終於躺上床。她想起寶釵，對她又羨慕又感激，再想起自己已經無父無母，一時又想起自己跟寶玉向來比較親，但始終男女有別。她聽着外面的雨打在竹子跟芭蕉葉上，冷冷清清，忍不住又流了幾滴眼淚。一直到半夜，才慢慢睡着。

等我諗下聽日食咩先！

粵語 紅樓夢

86

黛 玉病好沒多久，賈府又有熱鬧事。因為邢夫人的姪女邢岫煙、李紈堂妹李紋跟李綺，還有寶釵的堂妹薛寶琴剛好來到賈府，一大群人聚集在王夫人房裡。

這四個裡面最突出的，就是薛寶琴。她的樣子生得最靚，又懂得說話，大家都很喜歡她。尤其賈母，不但安排寶琴跟自己一齊住，還要王夫人認她做契女兒。

其他幾個都安排進大觀園住，李紋李綺跟李紈住在稻香村，邢岫煙跟迎春住在綴錦樓。

碰上史湘雲的叔父被委任為外省大官，要帶家眷到任，但賈母不捨得湘雲，就派人接她來大觀園。本來要闢一個地方給她住，但湘雲堅持不要自己住，只想跟寶釵一齊，賈母也就由她。

大觀園一時多了很多人，寶玉見黛玉與寶釵親近了許多，就過來找黛玉，這才知道寶釵來探黛玉的事。兩個人聊了一會，李紈派人來找黛玉，說要重開詩社。寶玉就跟黛玉一齊過去稻香村，原來眾姊妹都已經在了。於是約定，第二日在蘆雪亭一邊賞雪一邊開詩會。

寶玉期待了整晚，一直想着這事結果睡得不好。第二日才剛天亮，他起床，一打開窗，只見到一片白色，原來昨晚

下了一晚的雪，整個大觀園一夜之間變成個白色世界，現在都還飄着飛絮般的白雪。寶玉心急，梳洗完穿好衣服，就急忙去蘆雪亭赴約。

走過山腳，突然聞到一陣寒香吹過來。回頭一看，櫳翠庵那邊有十幾枝紅梅開得很燦爛，在成片白茫茫的雪海裡面，尤其鮮豔。

寶玉停下來賞了一陣花才繼續走。去到蘆雪亭，見有丫鬟在掃雪，清理一條小路出來，原來眾姊妹都會吃完飯才過來。寶玉唯有回頭，走到沁芳亭，見到探春剛走出秋爽齋，知她正要去賈母那裡，就一齊過去。

一時間眾姊妹都過來了，寶玉一再催快點開飯，賈母說：「今日有新鮮鹿肉，你哋等下先喇。」偏偏寶玉等不及，用茶泡了飯很快就吃完，賈母只能叫下人留些鹿肉給寶玉今晚吃。

湘雲跟寶玉說：「有新鮮鹿肉，不如留一塊，我哋拎入大觀園自己燒來食，又有得食又有得玩。」果真去問鳳姐要了塊，叫下人送進園去。

你哋咁耐先嚟！

大家吃完就往蘆雪亭去，偏偏不見了湘雲跟寶玉。黛玉說：「呢兩個人一定係謀算緊嗰一塊鹿肉。」果然就見下人拿了鐵爐鐵叉出來，寶玉說要烤着吃。

幾個人圍着火燒鹿肉，湘雲一邊吃一邊說：「食住呢樣再配埋酒，先至會有詩。如果無呢啲鹿肉，今日睇怕寫唔到詩。」見寶琴披着大襖在一邊笑，又慫恿她過來吃。烤鹿肉的香味飄了出去，連鳳姐都忍不住過來：「你哋食好嘢都唔話我知。」

吃完鹿肉，屋裡已經擺好菓點小食，詩會的題目格式也已經貼出來。這次玩詩句接龍，按次序每人接一句，最後數來數去，湘雲接得最多。大家都笑：「都係嗰塊鹿肉嘅功勞。」

李紈笑着說：「但係寶玉今次又要輸喇。」於是罰他去櫳翠庵折一枝紅梅回來。不久寶玉就拿了枝兩三尺長的紅梅回來，插在花瓶裡，眾人賞了一陣花，又以紅梅為題各寫了詩。

賈母過來湊了回熱鬧，想起叫惜春畫的大觀園不知畫得怎樣，於是眾人又跟着賈母去惜春那裡看畫。

要回賈母處時，眾人正走着，見到對面山坡上，寶琴披着羽絨走過，跟在她後面的丫鬟，手裡抱着瓶紅梅。

賈母笑着問：「你哋覺得呢個雪坡，加埋紅梅，同呢個人，係咪好熟口面？」

大家都說很像賈母屋裡掛着的那幅《豔雪圖》。

賈母說：「哎唷，嗰幅畫入面嘅人，邊有呢個咁靚！」

突然寶琴後面又出現一個披着件大紅斗篷的人，賈母問：「嗰個女仔係邊個？」

大家笑着說：「係寶玉啊。」

賈母仔細一看，發現真是寶玉，就說：「哎呦，睇嚟我越嚟越眼花囉。」

吃完飯，薛姨媽也過來了。賈母不停讚寶琴比畫裡面的人還要漂亮，又問起她的時辰八字。薛姨媽猜到賈母想幫寶琴做媒，可惜寶琴早已經許配給人了。

賈母聽了，也就不再提。

希望睇唔出破綻喇！

第 17 回
病補孔雀裘

這日，吃晚飯的時候，襲人家裡傳來消息，說她的母親病重，要她儘快回去，襲人匆匆忙忙收拾了行李就趕回家。於是這幾日貼身服侍寶玉的丫鬟就剩下晴雯跟麝月。

掃我聽故事

去到半夜，寶玉正睡着覺，突然叫起襲人來，因為沒人應他，他張開眼才想起襲人不在。

晴雯聽到他的叫聲已經醒了，又叫醒麝月。

晴雯說：「我都聽到，你瞓喺佢附近都聽唔到，真係隻死豬。」

麝月翻了個身，一邊打呵欠一邊說：「佢嗌襲人，關我咩事？」又問寶玉需要些甚麼。

寶玉說想飲茶，麝月斟完茶回來，就叫寶玉跟晴雯先不要睡，她想出去走走。

晴雯想趁機嚇一嚇她，等麝月一出去，就跟在後面。不過她恃着自己平日沒甚麼病痛，天寒地凍，連披風也沒帶，就追了出去。

寶玉說：「喂啊！凍親嘅話就唔係講笑喇！」

晴雯不聽，但一到外面就後悔。一陣寒風吹過，真是凍到入骨！

寶玉大叫：「晴雯出咗去啊！」晴雯知道露了餡，只能回頭。寶玉笑着說：「你凍親唔好，嚇親佢都唔好啊！睇你凍到隻手都僵晒，快啲入嚟暖下喇。」

「乞嗤！乞嗤！」晴雯一冷一熱，忍不住打了兩個噴嚏。她還以為沒有事，哪知去到翌朝起床，又是鼻塞又是頭暈，而且全身無力。

寶玉怕王夫人知道後，會叫晴雯回家，就不讓丫鬟說出去，自己偷偷請了大夫來看，又煎藥給晴雯，留她在自己房裡養病。

第二日天陰陰，好像要下雪。因為翌日是寶玉舅父的生日，賈母知寶玉要過去，就送了一件用孔雀毛織成的大衣給他，那是俄羅斯做的孔雀裘。整件大衣金翠輝煌，非常搶眼。寶玉即披了上身。

哪知一天都未過，寶玉就不知在哪裡把大衣燒穿了個洞。

他唉聲歎氣地回來，說：「好彩夜咗，老太太

睇唔到咋，聽日都唔知點算！」麝月拿起來看了看，果然穿了個指尖大的洞。她馬上派人拿去補衫的工匠那裡補，但去了半日，大衣又被拿回來，說：「我拎去俾晒全部識補衫嘅工匠睇，佢哋無一個人見過呢種衫，個個都怕補壞，唔敢幫我哋做。」

麝月沒辦法，就說：「咁點算好呢？一係聽日唔好着呢件喇！」

寶玉說：「老太太都開咗口叫我着，如果唔着會好掃佢興架。」

晴雯在隔離聽了半日，忍不住說：「攞過嚟俾我睇下！」

她拿起盞燈，照着大衣，看了看後說：「呢個係孔雀金線，我哋都有，如果用界線嘅方法密密咁連返，應該就可以補到。」

麝月笑着說：「呢度除咗你，仲有邊個識界線？」

晴雯說：「唉，最多我搏命幫手補喇！」

寶玉想勸，但勸不了。晴雯坐起來，披上外套，只是這幾個動作，她已經覺得頭暈眼花。但她咬

實牙關，拿起孔雀金線，補幾針，看一看，又趴在枕頭上休息一會。寶玉就在旁邊斟茶遞水，又拿了件斗篷給她披上。

晴雯說：「大少，你去瞓喇。你捱到半夜都唔瞓，聽日實有熊貓眼，咁又點算好呢。」寶玉才肯去睡，但一時間睡不着。

一直去到凌晨，晴雯才補好。麝月說：「真係補得好，唔留心睇，真係睇唔出有分別啊！」

寶玉伸頭過來看，很開心地說：「真係一模一樣！」

我盡咗力喇！

晴雯咳了幾聲，說：「補係補咗喇，始終唔係好似，不過我都盡晒力喇！」她「哎呀」一聲，就無法支撐，整個人倒下。

寶玉馬上叫人來照顧，很快天已經大亮，但他還不肯出門，只是叫人快點找大夫來。大夫幫晴雯診了症後，覺得很奇怪：「尋日明明已經好咗啲，今日反而差咗嘅？如果唔係食得太多嘢，可能係太過操勞喇。」講完再開多一張藥方。

寶玉叫人去煎藥，一邊歎着氣說：「唉！點算啊？如果你有咩三長兩短，都係我嘅罪過啊！」

晴雯說：「二爺啊！你點解仲未去架，快啲走喇！我邊有咁易出事啊！」

寶玉只得出門，但到了下午，他藉口說不舒服就回來了。

幸好，晴雯雖然病得很重，但食了藥，又調理了幾天，慢慢就好了。

第 18 回

探春持家

過年時，鳳姐懷着孕打理賈府上上下下大小事，因為過份操勞，最後小產。

誰知鳳姐恃着自己年輕，不肯好好休息，又沒有很好地調理身子，搞到氣血不足，身體更加的差。

於是王夫人叫她好好休息，賈府上下的事，大事自己作主，但日常運作就交給李紈打點。可惜李紈人雖然好，但沒甚麼管事的才能，不太能管到下人。於是王夫人就叫探春幫忙，又因大觀園人多事雜，也叫寶釵幫忙打點。

這日李紈跟探春在正廳辦事，在賈府服侍多年的吳嬤嬤過來說：「趙姨娘嘅大哥尋日過咗身，已經講咗俾老太太同太太知，話要嚟同姑娘講聲，睇下點處理。」說完之後就站在一邊。

如果是對着鳳姐，吳嬤嬤早就有好幾個不同的建議，但今次一來欺負李紈是老好人，探春又是後生女，無甚麼經驗，二來也要試下她們辦事的能力。

原來賈府的下人都在打聽她們的能力，如果做事妥當，大家辦事就比較小心。但如果有少少處理得不當，下人不但不會聽話，背後還可以拿出來取笑。

掃我聽故事

探春聽完之後，先問李紈的看法。李紈說：「前排襲人
嘅母親過身，聽講係賞咗四十兩銀，今次都係四十兩喇！」
吳嬤嬤馬上答了聲就要走。

探春叫住她說：「你咪走住。我問你，之前有類似嘅事，
都係賞幾多錢？」

吳嬤嬤說不記得了，要去查查賬簿才知。

探春笑着說：「你做咗咁耐都會唔記得？如果係鳳姐，
唔知你係未都會話唔記得呢？仲唔快啲去搵！」

吳嬤嬤滿臉都紅了，馬上去拿舊賬簿出來。

探春看完後說：「跟以往嘅舊例，賞二十兩！」

過了一陣趙姨娘衝進來，哭喊着說：「呢間屋嘅人，個個
都當我無到！姑娘，你都唔幫下我！」

探春說：「姨娘講緊咩啊，我唔明喔，邊個當你無到啊？
講出嚟，我幫你。」

趙姨娘說：「如果係你當我無到，咁你又點幫我呢？我
喺度咁多年，又幫老爺生咗對仔女，點知依家連個丫鬟都不

如，你話我仲有咩面啊？」

探春笑着說：「原來係咁。」她一邊坐下，一邊拿着賬簿翻給趙姨娘看。

「你睇，呢個係老祖宗嘅規矩，唔通我就可以改咩？太太依家唔喺屋企，你就靜靜地養下身子，何必要操心？之前搞出咗幾件事，好在太太錫我，睇得起我，先叫我幫手睇住頭家。我都未做到啲成績出嚟，你就嚟為難我。如果我管唔好，先真係叫丟架啊！」她一邊說一邊忍不住流淚。

趙姨娘無法反駁，就說：「既然太太錫你，你就更加應該幫下我哋。依家你手指拗出唔拗入，淨係掛住討好太太，就唔記得係邊個生你出來，邊個養大你呀？依家你舅父過咗身，如果唔係你話事我又點會來煩你？你俾多幾十兩銀都唔得。我仲諗住第日靠你照顧我哋趙家，睇怕你到時有毛有翼，仲點會理我哋。」

老祖宗嘅規矩唔改得！

李紈在旁邊想勸但勸不住。探春哭着說：「咩舅父呀？平時又唔見有個舅父嘅款？邊個唔知道我係姨奶奶生嘅？點解過一排就要出來搞風搞雨驚死人唔知自己係姨太太？依家係邊個丟架？」

忽然有人說：「二奶奶叫平姑娘過嚟交帶幾句。」趙姨娘馬上停口，讓了個位給平兒說：「鳳姐好啲未呀？我正諗住去探下佢，但一時唔得閒。」

李紈見平兒過來，就問她來做甚麼。平兒說：「趙姨娘嘅大哥走咗，二奶奶話驚大奶奶同三姑娘唔知道有舊例。照規矩應該係賞二十兩，二奶奶請姑娘話事，添多啲都可以。」

探春抹一抹眼淚說：「你主子真係識做人，錢唔係佢出但就叫我破例，好人就佢做。你話佢聽，我唔敢破壞祖宗嘅舊例，如果佢要添錢嘅，等佢返來管事嘅時候，想添幾多就幾多！」

平兒來的時候大致知道今日的情況，聽完這幾句話，更加明白，立即不敢再多說，很恭敬地站在一邊。她回去之後，跟鳳姐說了今日發生的事。

鳳姐說：「好一個三姑娘，我啱啱先擔心無人幫到我手，有佢喺度都算係好啲。可惜佢唔係太太嘅親生女，我同你講，佢雖然係後生女，其實心水不知幾清，加上又知書識字，犀利過我多多聲。對住佢，你一定要恭恭敬敬先好！」

平兒笑着說：「我一早已經咁做啦。」

今年寶玉生日，跟往年比就沒那麼熱鬧。因為皇宮裡有位貴妃去世，賈政、賈母、邢夫人、王夫人都要去送殯，整個月都不在家裡。到了正日這日，寶玉去位於寧府內的宗祠祖先堂拜完祖先，又去尤氏那裡行了禮才回榮府，再去薛姨媽那裡行禮後就回怡紅院。

過一會就聽到外面吱吱喳喳一大班人過來，原來大觀園的丫鬟都來向他拜壽。再一會探春、湘雲她們也來了。原來寶琴、平兒跟岫煙和寶玉是同一日生日。

探春覺得好笑，就說：「又真係幾得意，人多咗啊，一年得十二個月，月月都有人生日，好似大年初一有大姐姐，過咗元夕有大太太同寶姐姐，三月有璉二哥，反而二月無人生日。」

襲人說：「二月係林姑娘生日 —— 只不過佢唔係我哋賈府嘅。」探春說：「係喎。你睇下我呢個記性」又跟平兒說：「往年我哋都唔知你幾時生日，依家先知，點都要好好慶祝。」

於是大家決定湊錢擺兩圍酒席，又叫人去請李紈、薛姨媽、寶釵跟黛玉她們過來。因為天氣漸漸變暖，黛玉往年的病現在都慢慢好了，都過來一齊玩。於是大家先在怡紅院吃

完壽麵，就過沁芳亭那邊，在芍藥欄準備了酒席。

四個小壽星先入座，其他人才坐下，除了眾姊妹，襲人等丫鬟都圍坐了一枱。於是眾人開始飲酒，又玩骰子跟猜拳。寶釵和探春先猜，湘雲等不及，就跟寶玉互猜起來，湘雲贏了之後，又抽到跟寶琴猜，今次卻輸了，罰了一杯酒。

湘雲飲了酒，挾了塊鴨肉，忽然見到碗裡有半個鴨頭，於是挾起來要吃鴨腦。大家都催她：「唔好掛住食，快啲再來猜。」之後湘雲又輸，又罰了杯。

因為賈母跟王夫人不在府裡，大家沒有管束，玩得十分熱鬧。到了要散席時才發現湘雲不見了，於是派人周圍去找。

過多會就見到管事的林嬤嬤帶了幾個嬤嬤過來，一來是怕幾個主子有事要幫忙，二來都擔心王夫人不在，大家玩得興起失了體統。探春見到她們過來，都明白她們的想法，馬上笑着說：「嬤嬤們唔放心，又來查我哋喇？其實我哋都係飲下酒，唔使擔心。」

旁邊輩份比較高的尤氏跟李紈都說：「你哋去抖下喇，我哋睇住，佢哋唔會飲得太多。」

話未說完，有個小丫鬟笑着過來說：「姑娘們快啲去睇下，雲姑娘飲醉咗，喺假山後面嘅石凳上瞓着咗啊！」

大家走過去看，果然見到湘雲睡在一張石凳上面，附近的芍藥花飄落，鋪了她滿身都是，好像蓋了一張花被一樣。她又枕住一塊包滿花瓣的手帕，惹了很多蝴蝶蜜蜂圍住她亂飛。

大家一邊覺得可愛，一邊又覺得好笑，但湘雲還開口說着夢話。

「快啲醒喇！去食飯喇，瞓喺度小心凍親啊！」大家去推她，她才慢慢張開眼，見到全部人圍着她在笑，又看了看自己，才知醉了，本來想着休息一會，哪知睡着了。

寶玉回到怡紅院，正想跟丫鬟喝酒，襲人說怡紅院的幾個丫鬟都湊了點錢，想幾個人跟寶玉做生日，已經收起了一罈美酒。

　　到了夜晚，林嬤嬤帶了幾個嬤嬤來查房。林嬤嬤說：「寶二爺瞓咗未呀？」

　　寶玉話：「未瞓。嬤嬤入來飲杯茶呀。」於是眾丫鬟沖茶給幾個嬤嬤喝，之後一見她們走了，就馬上關門準備枱凳酒水小吃。襲人提醒大家不要太大聲，怕被聽見。又有丫鬟提議悄悄去請寶釵、湘雲、黛玉她們過來玩，於是又開門偷偷去請人了。

　　結果李紈、探春她們全部都來怡紅院，一時玩到不知道時間。直到有人來敲門，原來是薛姨媽派人來接黛玉，才知已經玩到半夜。

眾人熱鬧了一日，翌日又在榆蔭堂擺了兩圍。尤氏也過來一齊玩。哪知有家丁匆匆忙忙過來說：「老爺歸天喇。」原來賈敬因為求道心切，吃金丹而去世。因為賈珍父子、賈璉等男丁都不在賈府，尤氏一時不知怎麼辦，只能急急叫人通知賈珍等人。

掃我聽故事

辦喪事期間，賈璉跟尤氏的兩個妹妹尤二姐尤三姐慢慢熟絡起來，之後還瞞着鳳姐，在外面買了間屋，偷偷娶了尤二姐。尤二姐覺得自己有個好着落，也想幫妹妹尤三姐找戶好人家，更叫賈璉幫忙留意。但原來三姐早已經有意中人，尤二姐花了整晚時間，才打探到是誰。

這日下午賈璉過來，尤二姐說：「原來三妹已經揀定咗意中人。」

賈璉問是誰，尤二姐說：「呢個人舊年惹咗禍走咗，但三妹話，佢一年唔返嚟，佢就等一年；十年唔返嚟，就等十年；如果一世都唔返嚟，佢情願出家做尼姑。」原來這個人就是寶玉的朋友柳湘蓮。

賈璉說：「原來係佢，果然係有眼光。不過如果柳湘蓮一直都唔嚟，咪誤咗三妹嘅終身大事？」

尤三姐剛好走了進來，說：「姐夫你放心，從今日開始，我就每日食齋唸佛等佢返嚟。」

賈璉無辦法，唯有暫時放下這件事。過一段日子他要去平安州辦事，走到半路，竟然碰到柳湘蓮和薛蟠。原來他們在路上相遇，柳湘蓮無意中救了薛蟠，兩人就做了結拜兄弟。

賈璉想起尤三姐的事，就提出來說：「柳二弟，我呢度有一門好親事，正想介紹俾你！」於是就將自己娶尤二姐，要幫尤三姐搵戶好人家的事說出來，還將尤三姐的樣貌品性讚到天上有地下無。

湘蓮都動了心，說：「等我探完姑母，大概一個月就會返去，到時再定。」

賈璉說：「二弟你如果走咗又唔返，咪誤咗人哋嘅終身大事？要俾返個定禮先得。」於是湘蓮將家傳的鴛鴦劍交給賈璉作為定禮。

賈璉回去之後就將鴛鴦劍交給尤三姐。尤三姐喜出望外，見把劍原來分雌雄兩把，就將劍掛在床頭，日對夜對，盼着柳湘蓮早日回來。

誰知一直去到八月柳湘蓮才入京。他先去見薛姨媽跟薛蟠，薛姨媽一邊感激湘蓮救了薛蟠，一邊說自己已經將他要成親的東西都準備好了，只待挑好日子就可以行禮。

第二天湘蓮去探望寶玉，說起賈璉做媒一事，覺得自己不應該太快答應，所以來打探尤三姐的為人。當聽到是寧國府尤氏的妹妹，他知道寧國府的名聲不是太好，就認定尤三姐也不是好女人，便要去找賈璉拿回定禮。

湘蓮去到賈璉的新屋，找了個藉口向賈璉要劍。賈璉有點不高興，說：「婚姻大事，邊有咁求其，話反悔就反悔呢？」

對唔住呀！

湘蓮說：「我願意承擔責罰，但呢件事真係唔敢應承。」

尤三姐日等夜等才等到他回來，誰知一回來就反悔婚事。她在房裡聽到，馬上摘了劍下來，將雌劍收在身後，出來說：「你哋唔使再嘈！俾返把劍你！」說完將雄劍遞給湘蓮，然後用雌劍對着脖子一抹，一片紅色濺出。

全部人嚇到想救都來不及，尤三姐已經氣絕身亡。賈璉捉住湘蓮想去報官，尤二姐說：「係三妹自尋短見，你拉佢去報官有咩用啊！」

賈璉沒辦法，只能放湘蓮走。但湘蓮反而不肯走，哭着說：「我唔知道佢係一個咁剛烈嘅女子！可敬可佩！係我無福氣。」之後，他又買了副棺材好好安葬三姐，然後才告辭離開。

出了門口，湘蓮走着走着，突然聽到一陣叮叮噹噹的聲音。一抬頭就見到三姐捧着鴛鴦劍走過來說：「我苦等咗你五年，估唔到你竟然冷心冷面到呢個地步，所以我唯有一死了之。如今，我已經奉警幻仙姑之命去太虛幻境修行。今日係嚟見你最後一面嘅，從此以後，你我都唔會再相見喇！」

說完就要走，湘蓮想拉住她，不過三姐一下就摔開他的手，很快就連影子都不見。

湘蓮哭着追上去，慢慢地就醒了。張開眼的時候，他才發現自己坐在一間破廟裡，身邊有個跛腳道士在捉蝨子。湘蓮問：「呢度係邊度？仙師又係邊個？」

道士話：「連我都唔知呢度係邊度，我係邊個，不過係暫時停喺呢度休息下。」

湘蓮聽完，突然好像想通了甚麼，揮起鴛鴦劍就削斷自己的頭髮，然後就跟着道士，不知去哪裡了。

我哋以後唔會再見！

這天鳳姐跟平兒在房裡談事，有下人來報：「太太嚟咗。」就見王夫人只帶着一個貼身小丫頭，面色青白地走進來。

鳳姐不知發生甚麼事，捧了杯茶來，問：「太太今日咁有興致過來呢邊閒逛？」只聽王夫人喝聲：「平兒出去！」平兒見情況，把所有丫鬟叫出去，又掩了門，不讓任何人進去。

只見王夫人拿了個香袋摔在地上：「你睇下咩事！」鳳姐拾起一看，原來是一個畫了男歡女愛的香袋。

播我聽故事

王夫人說：「老太太嘅丫鬟喺花園執到，好彩邢夫人經過攔咗落嚟，如果去到老太太手上啊，都唔知點算！點解喺你管理下，會出件咁嘅事？」

鳳姐嚇得馬上跪下認錯，又提議可以找幾個嬤嬤每間屋子去搜查。於是叫了周嬤嬤她們幾個管事的嬤嬤進來。王夫人見到邢夫人陪嫁過來的王嬤嬤都在，剛才也是她送香袋過來，就叫王嬤嬤幫忙進大觀園搜查。

平時王嬤嬤進大觀園，丫鬟都不太理她，已經懷恨在心。這次更加表現得積極，跟着鳳姐一進大觀園，就喝下人將園裡所有出入門口都鎖起，然後第一處就去怡紅院。

寶玉見到整班人衝入丫鬟的房，覺得很奇怪。鳳姐說因為不見了些要緊的東西，怕有丫鬟偷了才來搜查。

搜了一會，王嬤嬤突然大叫：「呢個箱係邊個架！點解唔打開？」

晴雯挽着頭髮，衝進來將整個箱子都倒轉，裡面的東西全部掉在地上。

王嬤嬤覺得沒癮，紅着臉說：「姑娘你唔使咁嬲，我哋係太太叫嚟搜嘅，你唔俾搜，我哋都唔會掂你啲嘢嘅，最多都係話俾夫人知嘅啫。」

晴雯指着她說：「你係太太叫你嚟嘅，我係老太太叫我嚟嘅添！我喺太太度都未見過你呢啲咁威嘅嬤嬤！」

鳳姐聽到晴雯這般牙尖嘴利，雖然很開心，但又礙住邢夫人的面子，馬上打圓場：「嬤嬤你唔好同佢哋一般見識。既然搜唔到啲乜，我哋就去第二度搵啦，以免走漏咗風聲！」

之後去了瀟湘館搜了轉，就到探春那邊。探春已經收到風聲，叫人點起燈開着門等。

鳳姐說：「唔見咗啲野，驚旁人話係啲女仔偷嘅，所以嚟搜查下，都幫班女仔洗脫嫌疑。」

探春說：「我啲丫鬟當然係賊喇，我更加係賊王，要搜就搜我先喇！」說完之後，就叫丫鬟將衣箱、衣櫃等都打開，讓鳳姐去搜。

鳳姐陪笑說：「我係奉太太之命嚟，妹妹唔好錯怪我啊！」說完就叫丫鬟：「快啲幫姑娘閂返啲櫃！」

探春說：「我啲嘢你哋隨便搜，但我丫鬟嘅，就唔搜得。如果你哋唔滿意，即管同太太講，要罰嘅我自己去太太果度受罰。」

周嬤嬤說：「既然啲野全部都喺度喇，奶奶我哋去第二度先，唔阻住三姑娘休息喇。」

探春說：「你哋係搜清楚先好。如果聽日又要嚟，我就唔客氣。」

王嬤嬤見大家都怕得罪探春，心想一個姨娘生的姑娘，年紀又小，能有多大本事？她恃着自己是邢夫人的心腹，衝了出去，故意掀起探春的衣服，嘻嘻笑着說：「連姑娘嘅身我

粵語 紅樓夢

都搜過喇，果然係咩都無喔。」

鳳姐想要阻止她都來不及，就聽到「啪」一聲，探春一巴打在她臉上：「你咩身份？夠膽郁手郁腳？我睇在太太份上，又見你有咁上下年紀，叫你一聲嬤嬤，如果諗住我好似其他姑娘咁好蝦，咁你就錯喇。」

鳳姐她們馬上安撫探春，又喝令王嬤嬤出去。王嬤嬤急忙出去，說：「我咁大年紀都係第一次被打，算喇算喇，聽日我都係同太太講一聲，返娘家算。」

探春的丫鬟侍書馬上出去說：「嬤嬤，只怕你唔捨得走。你走咗，仲有邊個來討好主子，挑撥主子來對付我哋姑娘，來折磨我哋呀！」

鳳姐她們勸了好一會，又等探春睡着才繼續搜查。查完李紈跟惜春那裡，就來到迎春這邊。迎春一早睡着了，鳳姐就說不用叫醒她，只去丫鬟的房間搜查。

迎春的丫鬟司棋是王嬤嬤的外孫女，鳳姐一心想看王嬤嬤是否公平，特別留意她怎樣搜。果然見王嬤嬤隨便翻了兩下，就說：「都無乜特別。」

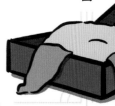

周嬤嬤攔着她說：「有無呢，就要仔細睇過先至公道。」

接着就搜到一對男人的鞋襪跟一個小包袱，包袱裡面是一個同心如意玉，還有一張紅色的喜箋。原來是司棋跟人私定終身的憑證。王嬤嬤本來以為這次可以捉住其他人的把柄，誰知最後捉到的竟然是自己的外孫女。

最後，鳳姐找兩個嬤嬤守住司棋，自己拿了證據回去休息，等第二天再作處置。

第 22 回

芙蓉誄

掃我聽故事

粵語 紅樓夢

過了中秋，王夫人想起司棋的事，周嬤嬤說不如直接將司棋送出去，乾手淨腳，不用麻煩。

王夫人說：「嗯，都係，快啲搞掂完呢件事，我仲要整治下我屋企嗰班丫鬟！」

於是周嬤嬤馬上帶人去迎春屋裡把司棋拉走，剛好碰到寶玉。司棋想叫寶玉幫自己求情，但周嬤嬤很快就把她拉走，不讓寶玉求情。

但寶玉也顧不上這事，因為他突然聽到有人說：「王夫人嚟咗怡紅院查人，又叫咗晴雯嘅表哥嚟接佢走。」寶玉一聽到，恐怕晴雯都保不住，就箭一般地趕回去。

回到怡紅院，王夫人怒氣衝衝地坐在那裡，見到寶玉都不理不睬，只叫人將晴雯拖出來。晴雯這幾日病得很嚴重，已經四五天沒怎麼吃過東西，她被兩個女人從床上硬拖下來。王夫人說：「將佢啲貼身衣物都掉出去，淨係嗰啲好嘅就留返俾其他丫鬟着。」

接着王夫人把怡紅院所有的丫鬟都叫過來，一一過目，原來她怕有丫鬟把寶玉帶壞，於是逐一看過，跟寶玉同一日生日的，唱曲的，一概都不准留下，又仔細看過寶玉的物件，沒見過的就全部收走。

寶玉以為王夫人今天只是循例來看一下，想不到是來真的。寶玉不敢再多說，一路送王夫人去到沁芳亭，先敢回頭。

回去後見到襲人因為晴雯的事在那邊抹眼淚，他都忍不住哭起來。

襲人反過來安慰他：「喊都無用，晴雯返去都好嘅，等佢可以安心養病。」

寶玉說：「佢原本喺我呢度嬌生慣養開，邊度受過委屈啊。依家就好似一盤開得好靚嘅蘭花放入豬欄咁。佢一身重病，屋企又無父母睇住，淨係得個日日飲到爛醉嘅表哥。邊有人照顧啊？今次一走，都唔知幾時先可以再見……」

然後又說：「今年春天，出面嗰棵海棠無啦啦有半邊枯死咗，我就知道一定有壞事發生，依家果然應驗喺佢身上。」

襲人覺得既好笑又可歎。之後，寶玉又叫襲人拿些錢，悄悄送給晴雯養病。不過原來襲人早已準備好，想着等晚點就叫下人送過去。

到了夜晚，寶玉自己一個走後門，求一個嬤嬤送他去晴雯表哥家。

晴雯因為受了風寒，病上加病，在床上躺了整天，迷迷糊糊之間聽到有人叫她。她張開眼，就見到寶玉站在面前。

她一下拉着寶玉的手說：「我仲以為我以後都見你唔到喇！」晴雯一邊說一邊咳，寶玉拚命忍着眼淚。

晴雯說：「我應該都得返呢幾日命，不過最唔甘心嘅，就係不明不白咁俾人趕咗出嚟，明明我乜都無做過！」

說了幾句，她已經上氣不接下氣，兩隻手都冷得冰一般。寶玉又心急，又心痛，唯有輕輕地拍了拍她的背脊。

過了一陣，晴雯好了些，又哭了起來。寶玉脫下自己的棉襖，想幫晴雯蓋着。突然，晴雯的表嫂回來，正碰上寶玉偷偷來探望晴雯。表嫂正要拉着寶玉的時候，襲人派人送過來的銀兩剛剛送到，寶玉才有藉口脫身。

這晚寶玉在床上翻來翻去，到了半夜都睡不着，一直到凌晨先慢慢睡了。正睡着，見到晴雯打扮得跟以前一模一樣，從外面走進來。

她說：「你好好過落去，我哋從此都唔會再見喇！」說完，轉身就走。

「晴雯！晴雯！」寶玉大叫，把襲人吵醒，寶玉哭着說：
「晴雯死咗喇！」

襲人說：「你講咩啊，俾人聽到似咩樣呢？」又答應寶玉
天亮之後會找人去打探，寶玉才不再哭下去。

第二日，其他人都不敢講晴雯的死訊，一個丫鬟說：「我
偷偷去探完晴雯姐姐，佢一見到我就拉住我隻手問寶二爺喺
邊度，又話自己等唔切你，因為天上嘅玉皇大帝請佢去做花
神，講完無幾耐，佢就斷咗氣喇。」

寶玉馬上問她是甚麼花的花神。那個丫鬟見到後面水池
那邊開滿芙蓉花，就說：「係專門管芙蓉花嘅。」

寶玉聽到，很開心地說：「雖然我哋以後唔可以再見，
但你呢個好似仙子咁嘅人，係要做花神先襯得起你。」

看着水池的芙蓉，他更加掛念晴雯，但一
想到她做了花神，就覺得很欣慰。於是，寶玉
連夜寫了一篇《芙蓉女兒誄》的祭文，掛在芙蓉
枝上拜祭晴雯，然後叫丫鬟在芙蓉前擺上晴
雯喜歡的食物，又燒了些紙錢給她，才依
依不捨地回去。

做花神先襯得起你！

這天黛玉在瀟湘館整理之前寫下的詩詞文稿，貼身丫鬟紫鵑正要沖茶給她喝，聽到外面一陣喧嘩，不知發生甚麼事，就派人去打聽。原來怡紅院原本已經枯了的海棠，今日不知為甚麼突然開了很漂亮的花，連老太太同太太都去看。

掃我聽故事

聽說連賈母都過來了，黛玉馬上整理下就到怡紅院來，除了賈母，邢夫人、王夫人、李紈跟眾姊妹都在。賈母說海棠應該三月才開花，現在是十一月，但天氣都還暖，可能因為這樣才遲了開花。

李紈笑着說：「老太太講得啱，不過我睇應該係寶玉有喜事，呢棵花係嚟報喜就真！」

大家都說無錯，但探春覺得很古怪：草木本來應該順應季節開花才對，現在違反常理，不是喜事的徵兆，但她不敢說出來。反而來看熱鬧的賈赦說可能是花妖作怪，要叫人斬了棵樹。

賈母說：「亂講喇。分明係好事，有咩作怪呢？」於是吩咐廚房快點準備酒席，叫賈府上下就在這裡賞花熱鬧一番。

散席之後，襲人準備要幫寶玉換衣服，突然見到一向掛在寶玉脖子上的通靈寶玉不見了。

寶玉說：「頭先換衫出去賞花，一時忙亂無戴，就擺喺枱度。」

襲人看了看桌面，不見那塊玉，嚇得一身冷汗。

寶玉說：「唔使擔心，一定喺間屋入面嘅。」但襲人問過麝月跟其他丫鬟，都說沒拿過。大家又翻箱倒櫃，找遍了整間屋子都找不到那塊玉。於是襲人叫眾丫鬟去各院追問，看看是不是有人撿到，但問完回來，個個都說不知。

大觀園裡的人很快就知道了消息，李紈跟探春都過來查問，又叫人在園裡四處找，連廁所都找過，但都找不到。大家又懷疑被賈環偷了去，但賈環流着淚說自己沒有拿。最後怎樣也找不到，連王夫人都驚動了。

唔見嘅！

王夫人急到幾乎哭出來，說要告訴賈母，請她把整個賈府都翻遍去找那塊玉。這個時候，正生病的鳳姐知道寶玉失玉，都嚇得馬上趕到怡紅院。

鳳姐說：「我哋屋企人多口雜，偷玉嘅人知道我哋咁查法，一定會銷毀塊玉。不如我哋閂埋院門，瞞住老太太靜靜查，可能會查到出嚟。」

王夫人覺得她說得有道理，就傳令鎖起園門，三日之內都不准出入。

自從不見了玉之後，寶玉好像三魂不見七魄，每日都痴痴呆呆的。有人叫他，他就應一應。無人叫呢，就只是坐在那裡，動也不動。吃飯也是一樣，放在他面前的他就吃，如果沒有給他也不會要。

過了幾天，寶玉越來越呆滯，找大夫來看過，每日食藥，但藥越吃他的情況就越差。

剛好這個時候，元妃因病去世，賈母等人去送殯去了幾日。回到賈府，賈母擔心寶玉，就到大觀園來看他。寶玉外表看起來好像沒事，但要人講一句他才做一樣，好似一個傻子般。賈母同他說話，他就只懂得笑。

王夫人知道瞞不住，才將失玉的事說出來。

賈母急得流眼淚：「呢塊玉點可以唔見架！你地咁唔懂事嘅。塊玉係佢嘅命根嚟，就係因為唔見咗，先會搞到依家痴痴呆呆咁嘅樣。」

然後又說：「快啲幫我寫份懸賞，就寫：『如果有人執到玉，送返嚟嘅，就送一萬兩銀；如果知道塊玉去咗邊嘅，就

送五千兩。」呢個時候，唔可以慳住啲錢架！咁樣一搵應該好快就搵到，得我哋喺屋企搵啊，呢一世都搵唔返啊！」

賈母於是叫賈璉馬上出懸賞，又命人將寶玉搬去跟自己住。

過了幾日，真的有人來到榮府，說是送玉來的。大家聽到，都開心到不得了。

賈璉馬上請那人進書房，又將塊玉送去給賈母和王夫人看。

賈母打開包着玉的布，見樣式像是寶玉那塊，但顏色暗過之前。她戴上眼鏡拿起看，說：「奇怪！樣就係一樣，點

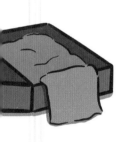

解原本嘅色水都唔見晒嘅呢？」鳳姐看完都覺得顏色不是太對，就提議不如送去給寶玉看看。

她將玉遞到寶玉眼前，說：「寶玉，你塊玉返嚟啦！」

寶玉一拿起來，看也不看就扔到地上說：「哼！你哋又嚟氹我！」

王夫人說：「唔使講，一定係假嘅！塊玉係佢出娘胎帶來嘅，佢一定認得。」

大家都很失望，賈璉還想將那個拿假玉來的人送去官府，最後還是賈母替那人求情，這事才算數，但通靈寶玉就一直都不知下落。

過了一段日子，寶玉的玉都還未找到。賈母就向賈政提議：「我尋日叫人去幫寶玉算過命，嗰個人好靈，佢話娶個金命嘅人沖下喜，寶玉就會好返。」

賈政知道賈母說的命命的人就是寶釵，就說：「老太太嘅說話，我做仔嘅唔敢唔聽，只不過姨太太嗰邊……」

王夫人在旁邊說：「薛姨媽一早就應承咗喇。」

賈母就說：「咁就好喇，佢哋一早就有『金玉良緣』嘅緣份，快啲揀個好日俾佢哋成親！」

這件事就這樣定了。但襲人知道之後，就跟王夫人說：「寶玉細細個就同林姑娘一齊，之前為咗林姑娘，嘈到要掟玉咁滯，如果佢知道自己要娶寶姑娘，我驚會病得再重啲啊！」

王夫人將這番說話跟賈母說了之後，賈母也不知該怎樣處理。鳳姐想了想，說自己有個方法，只要跟寶玉說他娶的人是黛玉，但拜堂那時將新娘換成寶釵，就應該可以偷龍轉鳳。

不過王夫人怕黛玉知道會好麻煩，鳳姐說這安排只可以跟寶玉說，其他人一概都不准說。

哪知有一日黛玉行經沁芳橋的時候，聽到橋邊有個小丫鬟在哭。黛玉好奇過去問她發生甚麼事，那丫鬟說：「我都唔知我講錯咗啲咩，我家姐就一巴掌打落嚟。」

黛玉問她究竟說了些甚麼，那丫鬟說：「咪就係寶二爺要娶寶姑娘嘅事囉，我淨係講咗兩句，就話我亂講嘢，仲話再講就要趕我走添啊。」

黛玉一聽，當下好像被雷劈中般，呆在那裡，心裡面又苦又酸又鹹，都不知是甚麼滋味。

她回過頭想走回去，但雙腳好像踩在棉花上，幾乎連路都不認得，在橋邊兜了幾圈後說：「我要去問寶玉……」就朝賈母那邊走去。

黛玉進屋後問襲人：「寶二爺喺唔喺度啊？」

寶玉見到黛玉，卻不起來，只是坐在那裡看着她傻笑。於是黛玉就走過坐下，也是甚麼都不說，只望着寶玉笑。

忽然，黛玉問寶玉：「寶玉，你點解病咗啊？」

寶玉說：「我為林姑娘你而病。」

說完之後，兩個人又不再說話，看住對方傻笑。旁邊的丫鬟都被他們嚇呆了，紫鵑連忙把黛玉叫走。

　　黛玉很聽話地走出去，紫鵑還以為沒事，誰知走到瀟湘館門口，黛玉突然向前一撲，「哇」一聲吐出一大口血。

　　吐血這件事很快被賈母知道了，她就去瀟湘館探黛玉。黛玉見到賈母坐在床邊，喘着氣說：「老太太！你白白錫咗我咁多年啊！」

　　賈母聽到很心痛，說：「乖女，你好好休養，無事嘅！」

　　黛玉笑了笑，但沒有應她。自從知道寶玉結婚的事，黛玉已經不想好起來，一心想着等死。

　　等大夫來幫黛玉看完病之後，賈母跟鳳姐說：「林丫頭呢個病，唔係我咒佢，不過我諗都好難好得返，你睇下幾時幫佢搵頭好人家，幫佢沖下喜喇。」

　　但黛玉的病越來越嚴重，雖然請了大夫來看過，但一日比一日嚴重。賈母一開始還有來關心一下，但因為掛着寶玉的婚事，這幾日已經連問都沒有問過。

過往黛玉一病，賈府上下都經常過來探病，但這日就一個人都沒來。黛玉喘着氣叫紫鵑扶自己坐起來，又叫雪雁拿她之前寫的詩稿出來。看了一陣，她直直地看着床前那個箱。看了看，突然咳了口血出來！

紫鵑見她指着箱子，就打開來，從裡面拿了條新的手帕出來。黛玉說：「有字嗰條！」

紫鵑才明白她是想要往日寶玉送給她的那條舊手帕。黛玉摸着手帕，突然又出盡力拚命想撕爛，但以她現在的身體，又怎麼能撕得開呢？

紫鵑說：「姑娘，你又何苦辛苦自己呢？」

黛玉點了點頭，又將手帕收在袖子裡，然後叫雪雁幫忙點着火盆。紫鵑以為她是怕冷，還扶她坐到火盆旁。

黛玉看着火，一放手，那手帕就飄到火堆裡。紫鵑嚇了一跳，但雙手扶着黛玉動不了，雪雁又出去拿東西了，很快手帕已經被燒着了。黛玉又將剛剛拿出來的詩稿全部都放到火盤裡，雪雁過來，顧不上兩隻手會被燒到，就去火盤裡把詩稿搶出來，放在地下把火踩熄。但紙本身易燃，整疊詩稿已經燒到沒多少剩下來。

燒完詩，黛玉整個人暈倒在紫鵑身上。紫鵑跟雪雁兩個急急扶黛玉躺好，想叫人來幫手，天又已經黑了，不去叫人嘛，這裡只有自己幾個小丫頭不知怎辦。好不容易捱到天光，黛玉才慢慢有了些精神，但吃完飯後，又是又咳又嘔。

　　紫鵑馬上去找賈母，哪知找不到人，她又去找寶玉，一個人也沒找到，紫鵑想起黛玉現時不知是生是死，忍不住流起眼淚來。

你哋由我喇！

第 25 回
寶玉結婚

掃我聽故事

因為寶玉結婚，紫鵑找來找去都找不到他和賈母，後來想起李紈，馬上叫丫鬟去請她過來。李紈見到黛玉的時候，她已經說不出話，紫鵑就在旁邊只懂得哭。

大家都知道黛玉就快不行了，李紈叫紫鵑幫黛玉換件乾淨的衣服。跟着就見到平兒和林嬤嬤過來，一來是看看黛玉的情況，二來是因為要騙寶玉以為是娶黛玉，所以要借一個黛玉的丫鬟去幫忙。於是雪雁就跟平兒、林嬤嬤一齊去寶玉的新房。

這個時候的寶玉，雖然之前因為不見了玉而變得有點痴痴呆呆，但聽說自己會和黛玉結婚，開心得手舞足蹈，一下子容光煥發，精神了很多。

這日結婚，他一早已經換好了新郎服，坐在王夫人屋裡，看着鳳姐跟尤氏忙出忙入，還心急到不停問襲人：「點解林妹妹仲未過來。」

襲人忍住笑說：「要等到吉時呀。」

終於吉時一到，門口就有一頂花轎由十二盞宮燈引進來。寶玉見到蓋着紅頭蓋的新娘出轎，由雪雁扶着慢慢走進來。

第25回 寶玉結婚

寶玉有點奇怪：「點解唔係貼身丫鬟紫鵑嘅？」轉頭又想：「係喇，雪雁係林妹妹喺屋企帶過來嘅，紫鵑係我哋賈府嘅，自然唔應該來陪嫁。」他見到雪雁就好像見到黛玉般開心，好順利就拜了天地送入洞房。

當寶玉準備幫新娘子掀起頭蓋時，鳳姐早已請賈母跟王夫人進來照應。寶玉掀起頭蓋後，一看，好像是寶釵。他有點不信，一隻手拿着燈，另一隻手抹了抹眼，仔細再看看，不就是寶釵！他呆了呆，又看了看旁邊，誰知旁邊站着的不是雪雁，而是寶釵的貼身丫鬟鶯兒。

寶玉見賈母、王夫人都坐在這裡，就偷偷問襲人：「我喺邊度呀？係咪發緊夢？坐喺度呢個又係邊個呀？」

襲人掩住口笑着回答：「嗰個係新娶嘅二奶奶囉。」

寶玉說：「你講嘅二奶奶究竟係邊個啊？」

襲人說：「寶姑娘囉。」

寶玉又問：「咁林姑娘呢？我頭先明明見到林姑娘，仲有雪雁啊，點解又唔見咗！」

鳳姐走過去輕聲說：「寶姑娘坐喺度，你唔好亂講嘢，陣間老太太唔高興喇！」

寶玉本來已經有病，今晚又這麼亂，他更加沒有了主意，口口聲聲只說要去找林妹妹。賈母等人知寶玉舊病復發，只能點着安息香，讓寶玉慢慢睡着。

到了翌日，寶玉情況更差，連人都不太認得，東西也不吃，連大夫都束手無策。就這樣過了幾日，有時他偶爾清醒一些，見房裡只有襲人，就拉着襲人的手哭：「我明明記得老爺話俾我娶林妹妹過來，點解變咗寶姐姐？佢霸佔住咗喺度，我又怕得罪佢，唔敢出聲。但咁咪喊死林妹妹？」

點解唔係林妹妹？

襲人說：「林姑娘依家病緊。」

寶玉站起來說：「我要去睇佢。」但他幾日沒吃過東西，連動動身都無力，於是他哭着說：「我求你幫我同老太太講聲，反正林妹妹今次實喊死，我都好唔返喇，與其分開兩個地方照顧兩個病人，不如俾我哋兩個喺同一間房度，要醫就一齊醫，要死都一齊。」

寶釵剛剛跟鶯兒走出來，聽到之後說：「你唔好好養病，喺度講啲咩唔吉利嘅說話呢。老太太一世人淨係錫你一個，依家八十幾歲喇，唔望你做大官，但健健康康老太太都安樂。仲有太太得你呢粒仔，你依家死咗，太太點算？」

寶玉說：「你好幾日無同我講嘢，依家一出聲就係呢啲大道理，要講俾邊個聽？」

寶釵說：「同你實話實說，早幾日你神智不清果陣，林妹妹已經無咗喇。」原來在寶玉結婚的那個時候，黛玉已經斷了氣。

林妹妹
已經無咗喇！

寶二爺
你好狠心！

寶玉不禁放聲大哭，忽然眼前一黑，不辨方向，迷迷糊糊間見有個人在前面走過來，就問：「借問呢度係邊度？」

　　那個人說：「呢度係陰司路，你陽壽未盡，點解喺呢度？」

　　寶玉說：「我來搵林黛玉。」

　　那個人說：「林黛玉已經返去太虛幻境。如果你要搵佢，就潛心修養，第時自然可以見到。如果你一意要自殘，到時只會被禁喺陰司，除咗父母之外，想見林黛玉就無可能喇。」說完，拿了塊石頭出來，對着寶玉的心口扔過來。

　　寶玉被石頭打中，嚇到要回家，但又迷了路。不知怎算的時候，突然聽到有人叫自己的名字，一睜開眼，原來賈母、王夫人、寶釵、襲人等圍着自己又哭又喊，而自己仍躺在床上。原來是發夢。

　　寶玉出了一身冷汗，清醒過來，見到眼前紅燈，窗外明月，仍然是繁華世界，雖然想起黛玉仍然會傷心，但寶釵也是一個好對象，他終於相信自己同寶釵是有「金玉姻緣」。

第 26 回

探春遠嫁

寶玉成親之後第二日，賈政因升任江西糧道要去赴任，很快就出發。他連日趕路，到任之後，一心想要做個好官，就出了個告示，嚴禁官員貪污枉法。誰知引起很大反應。

原來賈政手下一班幕僚，一心想着被派到外地工作就可以發財，哪知遇着賈政這樣固執的人，有的索性就辭去，但有的走不了，就要想辦法。當中有個叫李十兒的，就拍胸口說可以幫大家。剛好賈政因為外派過來一個多月，覺得事事不順，帶來的銀兩流水般花掉，但手下好像不是太聽話，比起在京城做官，多了很多不方便的情況。李十兒跟他說，指老爺要做好官，但是糧道的書吏衙門都是用錢買回來的官位，個個想發財，老爺切斷他們的財路，自然不聽話。

賈政說：「你咁講，即係叫我做貪官？我無咗條命都唔緊要，但點可以敗壞祖父嘅名聲？」

李十兒說：「老爺係聖明嘅人，但老爺成日話要做清官，結果舊年同老爺相熟嘅幾位好官都犯咗事，反而老爺批評話唔係好官嗰幾個就全部升官發財。其實只要老爺喺出面嘅名聲好就得，有咩委屈嘢，就等我哋奴才來做。」

賈政說：「你哋做啲咩都唔關我事。」於是李十兒就狐假虎威，賈政覺得辦事方面反而事事順利，也就相信他。

一日他收到鎮海總制周瓊的信件，原來周瓊去年在京城做官時就跟賈政相熟，他想讓自己兒子跟探春結婚，所以寫信給賈政。賈政也覺得這宗親事不錯，就將消息傳回去給賈母。

賈母雖然都不捨得探春嫁得那麼遠，說：「三丫頭嫁過去，都唔知幾時先可以再見面，話唔定我就見佢唔到。」

王夫人說：「女仔大咗始終要嫁人，如果嫁本地，無做官就話，一旦係做官嘅，又點保證到實會住喺同一個地方呢？你睇迎姑娘就嫁得近喇，但聽講佢兩公婆成日嘈交，佢老公又唔俾佢返嚟，真係可憐。」

原來迎春在元妃去世之前，已經成了親，嫁了給孫家。

賈母說：「有佢老豆作主，你就安排妥當，擇個好日比佢出門喇。」

趙姨娘聽到探春這件事之後好開心，走去探春那裡恭喜她：「姑娘，恭喜你。你嫁咗過去自然比喺屋企要好，第時唔好唔記得我呀。」

探春聽完一句話都沒說，只專心做自己的事。趙姨娘見她不理會自己，很不忿氣地走了。

　　另一邊寶玉聽到探春要遠嫁的事，「哎呀」一聲就伏在床上哭，說：「我哋姊妹一個一個散晒喇。林妹妹成咗仙，大姐姐過咗身，二姐姐嫁咗俾個衰人，依家連三妹都要嫁到咁遠，剩返我一個喺度有咩用啊！」

　　寶釵說：「據你咁講，唔通呢啲姐妹全部都喺屋企陪你到老，唔使考慮終身大事？雖然係遠嫁，但係老爺作嘅主，你又有咩辦法呢？人哋讀書，係越讀越明事理，點解你越讀越糊塗呢？」

　　寶玉說：「我都知。但點解要散得咁早？等我化咗灰先散都未遲呀。」襲人即掩住他的口說：「你又亂講嘢喇。」

　　寶玉說：「我都明，只係心入邊唔舒服。」寶釵不再理他，私下叫襲人再慢慢開導。

　　現在的大觀園，寶玉同寶釵結婚之後已經搬了出去；湘雲因為叔父回到京城，也被接回家住，而且就快要結婚，已經很少過來賈府；迎春嫁到孫家，邢岫煙因為迎春走了，也搬去邢夫人那邊；李紋李綺兩姐妹都搬走了。整個大觀園，

就剩下李紈、探春和惜春三個還住在裡面。賈母本來都想叫李紈搬出來，但元妃去世之後，家裡接二連三發生了很多事，就沒時間理會。

賈母知道寶玉因為探春的事發了一回病，就派貼身丫鬟鴛鴦過來，叫襲人幫忙勸說，讓寶玉不要胡思亂想。

後來又想起探春即將遠行，賈母就叫鳳姐過去，讓她準備嫁妝跟行李。鳳姐於是分派幾個管事的人去準備，順便想去探望探春。她見天色已暗，就叫丫鬟打燈照路。

走到大觀園門口，見樹影重重，一點人聲也沒有，非常淒涼寂靜。一陣風吹過，鳳姐都覺得凍，就叫丫鬟幫她去拿件披肩，然後在探春那裡等。

大家保重呀！

粵語

之後鳳姐自己一個走，但路又黑，身邊又有各種聲音。鳳姐心驚肉跳，就快到秋爽齋時，又見到有人影，聽聲音原來是死去的秦可卿，嚇得鳳姐跌在地上，丫鬟拿了披肩過來，她都不敢再留在大觀園裡，急急回頭。

再過兩日就是探春遠嫁的日子，寶玉自然難離難捨，探春安慰了他好一會兒，見他終於想通，才安心上轎，辭別眾人。

賈政升任江西糧道後一心想做好官，誰知最後被參，降調回京城。京官中相熟的都替他可惜，賈政說：「我巴不得唔使做官，只係屋企有兩個世襲，唔敢告老。」

賈政回到賈府後，見寶玉面容豐滿了，以為他真的病好，心裡很高興。又見長孫賈蘭文雅俊秀，更加開心。只是三子賈環仍然跟以前一樣，心裡仍不是太喜歡他。

賈政了解了家裡的近況，翌日又設宴邀請親朋。突然有下人說：「錦衣府嘅堂官趙老爺，帶咗好幾位大人過咗嚟。」

賈政跟這位趙大人平時沒甚麼來往，覺得奇怪，馬上出來迎接，但很快已經見到趙堂官入了廳，後面跟着幾個官員，有的認識，有的不認識，但都不太理人。

突然又有人話：「西平王爺到。」賈政匆匆要出去接，但西平王已經進來了。趙堂官搶上去請安，說：「王爺到咗，就請其他大人帶住府役守住前後門。」

賈政心知不妙，西平王笑着說：「我今日係奉旨來做嘢，其他親友可以送出去。」

眾親友馬上走掉，留下賈赦、賈政等人，嚇得臉都青了。西平王才正式頒旨。原來聖旨說賈赦勾結外官，恃勢凌

粵語 紅樓夢

弱，要革去世襲爵位，查抄家產。

西平王說：「赦老同政老分開兩房，聖旨只係查抄賈赦家產，其餘各房暫時封鎖，等覆旨後再算。」趙堂官說：「王爺，賈赦賈政並無分家，侄仔賈璉係總管家，一定要全部查抄。」

每個角落都唔好放過！

過一會就有錦衣府官兵過來報告，說抄出禁用的御用之物，又有大批房契，和一箱放高利貸的借據。趙堂官正想將賈府全抄，突然北靜王也到了，頒旨叫錦衣府只抓賈赦回去審問，其他由西平王負責。

另一邊，賈母跟一班女眷都在擺家宴，突然邢夫人衝進來說：「老太太、太太！弊喇，有好多戴帽着靴嘅強盜衝入嚟搶嘢，翻箱倒櫃係咁拎嘢。」

這邊還未說完，那邊平兒披頭散髮，拉着巧姐哭着進來說：「弊喇！我哋啱啱食緊飯，突然話王爺帶人嚟抄家，叫女眷迴避。我幾乎嚇死，正想入房拎啲貴重嘢，就被推咗出嚟。呢度有咩貴重嘅快啲執好先。」

邢夫人跟王夫人聽完，嚇得呆在那裡，只見鳳姐聽完之後，兩眼一瞪就暈倒了。賈母也嚇到眼淚鼻涕齊流。整

屋的人亂成一團，然後賈璉氣喘喘跑進來，見到鳳姐暈倒在地上，又喊又叫。後來平兒叫醒鳳姐，賈璉也定了定神，才說清楚外面的情況。賈母跟邢夫人聽說賈赦被抓，都嚇了一跳，心想要看看自己屋裡的情況，一入門就見到屋裡一片混亂，東西幾乎都被搶光。

外面又有人叫，見賈政和一個官員登記物件，有人在一旁報數。兩個王爺又問起借據的事，賈璉馬上上前跪下說：「呢一箱文書係喺奴才屋入邊抄出來，求王爺開恩。但奴才嘅叔叔並唔知架。」

王爺見他承認，說：「你父親已獲罪，要併案處理。」然後叫人看着賈璉，其他人等要留在屋內，又讓賈政等候旨意，說完就上轎出門。而賈府就有官役看守。

賈政送走兩位王爺，驚魂未定，賈蘭說：「請爺爺快啲去睇下老太太。」賈政馬上去賈母房裡，見每個人都淚流滿面，賈母奄奄一息，說：「仔呀，估唔到仲可以見到你。」講完就哭起上來，整屋人都哭個不停。

哎呀！咩事呀？

賈政勸她說：「老太太請放心。好彩兩位王爺照顧，只係暫時拘押咗大老爺，等遲啲查清真相，皇上恩典，就無事喇。」

賈母想起賈赦被抓，又忍不住傷心起來。

眾人都不敢走散，邢夫人回自己那邊，見門全部被封鎖了，丫鬟、嬤嬤等人都被鎖在幾間房子裡，無路可走，只得去鳳姐那邊。去到門邊就聽到哭聲，走進去見到鳳姐面無血色躺在那裡，平兒不停地哭。

邢夫人以為鳳姐死了，都忍不住流淚。平兒說：「太太唔好喊住，奶奶休息咗陣，依家無咩事。太太請放心。唔知老太太嗰邊點呢？」

邢夫人沒答，又回去賈母那邊，見眼前的人全部都是賈政的人，自己丈夫和兒子都被抓走，媳婦又病到將死，連嫁出去的女兒也在受苦，哪裡還忍得住不傷心。

賈政在外面等皇上的旨意，只聽到各種消息傳來傳去，寧國府也被抄家，說是賈珍引誘世家子弟賭博，又強佔民女為妾，不從者凌逼至死。現時整個寧國府都不許出入，只有個別下人表明是榮國府的，才許過來。不多久就聽到屋裡有人大叫：「老太太唔得喇。」賈政馬上進去看賈母的情況。

唔好
嚇親老人家！

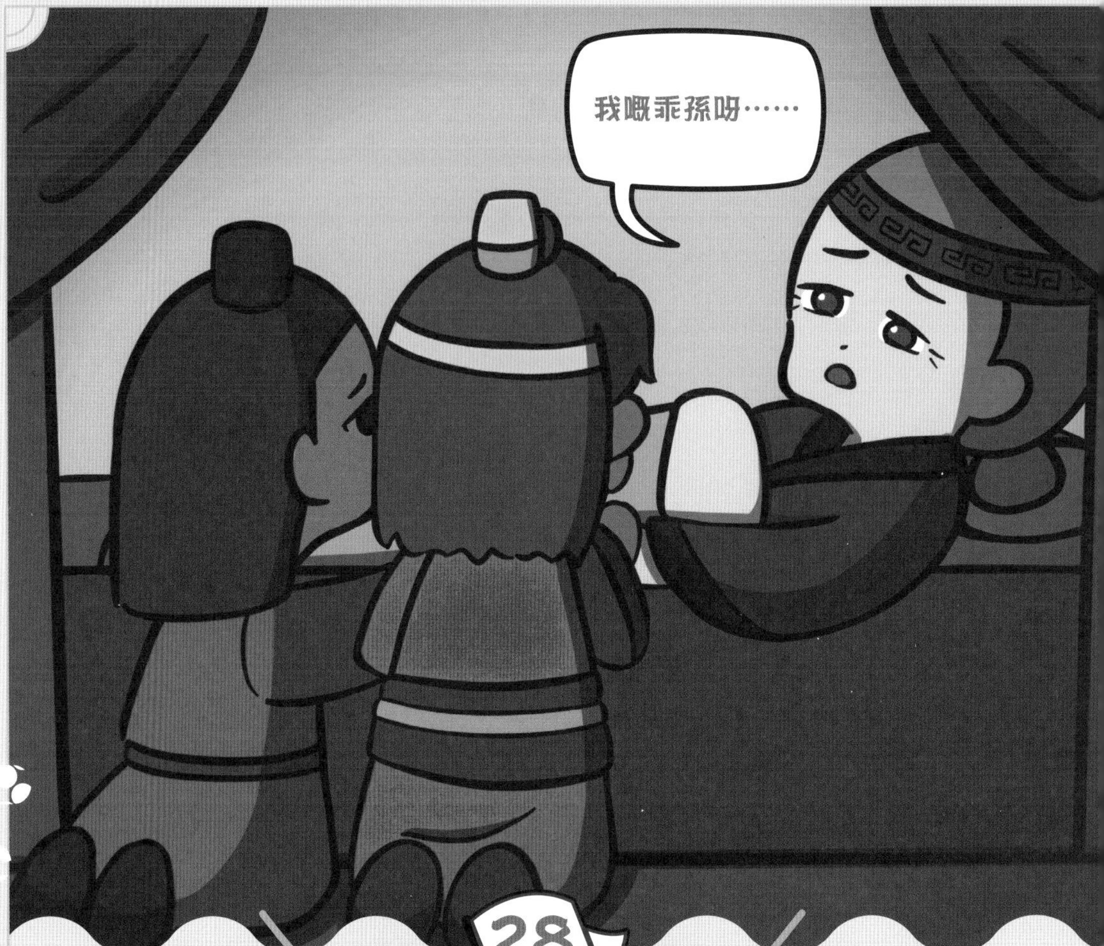

第28回 賈母之死

寧國府被抄家，賈母嚇得一時透不過氣來，王夫人等馬上餵她吃疏氣安神的藥丸，她才慢慢覺得舒服些。

賈政見賈母仍然傷心流淚，在一旁說：「係兒子不肖，招惹禍端，搞到老太太擔驚受怕。」

掃我聽故事

賈母說：「我活咗八十幾歲，由做女嗰陣到同你父親結婚，託祖宗保佑，生活無乜風浪。到依家老喇，見你哋受罪，你話我心入邊安唔安樂呀。不如等我合埋雙眼罷喇。」

賈政心裡着急，又聽下人報告皇上聖旨已到。賈政暫時沒有受到牽連，查抄的家產，寧國府的全部充公，其餘的發還榮府，賈赦免去世襲爵位，賈璉革職釋放。但賈珍因強娶妾侍鬧出人命，和賈蓉二人則被扣押。

賈政一心想問清楚借據的事，誰知賈璉都不太清楚。賈政歎息，心想，祖父立了功勞才有爵位，現在犯事都被革，自己一直無管家事，想不到原來府中庫銀虧空，這幾年竟然只剩個空殼，自己實在太過糊塗。

正想着，又有人來報，原來迎春的丈夫孫姑爺叫人來，說賈赦欠佢銀兩，現在要賈政代還。眾人都說孫姑爺無良心，賈政內心鬱悶，只是說：「呢頭親事大哥本來就配錯咗，只係呢個姪女受太多苦喇。」

而寧府因為查抄，上上下下只剩下尤氏婆媳跟兩個丫鬟，連一個下人都沒有。賈母叫她們住在惜春旁邊，雖說是一家，但始終是寄人籬下。

過了一段時間，又有聖旨傳出，賈府爵位由賈政繼承，賈珍被分配海疆，賈蓉釋放。原本因為賈府出事而遠避的親友，見賈政仍受皇恩寵愛，都紛紛來道賀。只是賈府的家計蕭條入不敷支，鳳姐病了無法持家，賈璉又虧空嚴重，不免要變賣房產支撐。

再過幾日，已經出嫁的湘雲來探賈母，剛好碰上寶釵就快生日，於是在賈府多留兩日。迎春都因此有機會回賈府。說起賈赦被抓一事，迎春說：「本來要趕返嚟，但丈夫攔住，話我哋賈家當黑，唔好惹啲衰氣返去。我講唔過佢，喊咗兩三日。」

鳳姐說：「今日點解又肯俾你來嘅？」

迎春說：「聽講我哋二老爺又襲咗爵位，所以先俾我來。」

賈母說：「我原本想接你哋返嚟同寶釵過生日，大家講下笑下，你哋又提呢啲煩惱嘢。」大家都不敢再出聲。於是眾人又擺酒席玩樂起來。

誰知這兩日賈母因為高興，吃多了些，胸口有點不舒服。鴛鴦要跟賈政說，但賈母不准，說：「我呢兩日食滯咗，餓返一餐半餐就無事。」

但她兩日無飲無食，不但沒有好，還弄得頭暈眼花兼咳。賈政請了大夫來看，只是說老人家感染了風寒。但賈母吃過藥也不見好，還一日比一日嚴重。賈政擔心得跟王夫人日夜服侍。

這日見賈母吃了少許東西，精神略好些，又見到迎春的丫鬟過來。原來迎春也病重，看來不行了。賈母病中聽到，悲傷起來，說：「我有三個孫女，一個享完福死咗，一個遠嫁連見都無得見，迎丫頭雖然苦命，但以為佢捱下就無事，點知年紀輕輕就要死，留低我呢個咁大年紀嘅喺度做咩呀！」

王夫人急急安慰她，又叫人去通知邢夫人。誰知還未到邢夫人那邊，已經有消息傳來，說迎春已經死了。邢夫人只得叫賈璉快點去看看情況。因知道賈母病重，不敢讓她知道。

賈母又掛住湘雲，叫人去找她過來。哪知湘雲因為大夫患了癆病，沒辦法過來。大家不敢讓賈母知道，見她已經神色不是太好，看來也是不行了。

你哋要爭氣!

賈政悄悄叫賈璉過來,商量後事怎樣準備。賈府的人都來賈母房裡。賈母坐起來喝了口茶,說:「我嫁咗嚟賈府已經六十幾年,由後生到老,咩福都享晒喇。子孫都生性,就係寶玉,我錫咗佢一場……」說着便開始四處找。

王夫人推寶玉走到床邊。賈母伸手出來拉着他:「乖孫啊!你要爭氣呀。」寶玉心裡一酸,不敢哭出來。賈母又說:「我個重孫蘭兒呢?」

李紈都推賈蘭過去,賈母拉着賈蘭:「你記得要孝順你母親,第時大個,都要令你母親風風光光先得呀。」賈母說完又找鳳姐,最後說:「最可惡係呢個史丫頭無良心,仲未嚟睇我。」

最後賈母看了看屋裡,笑着合上雙眼,就這樣去了。

賈母去世後，因為是元妃的祖母，皇上賞賜了些銀兩過來。邢夫人跟王夫人見鳳姐此前操辦秦可卿的喪禮做得有板有眼，這次也叫她負責。鳳姐一心想要做得風風光光。但一看全府上下的人手，男僕跟下人的人手不是太夠，加上丫鬟，還是不夠人，只能盡力。

偏偏幾個夫人主子又花費慣，雖然賈政要緊縮開支，但府裡的人各有打算，且各樣支出全部都要錢，上面撥下來的銀兩不知去了哪裡，下面的人未收到錢又不是太願意做事。其他人不知，還以為鳳姐無盡心，鳳姐有苦自己知，顧得這邊顧不到那邊，搞得心力交瘁，又聽到府裡的閒言閒語，一時怒氣攻心，竟然嘔血不止，暈倒地上，幸好平兒扶着，送她入房休息。

邢夫人以為鳳姐詐病，下面的人見鳳姐不在更加偷懶不做事。喪事過了之後，又有下人偷東西，又有假扮強盜搶劫。如今還在府中的惜春，本是眾姊妹中年紀最小的，她想起迎春被丈夫折磨至死，探春遠嫁，都是命中注定，不得自由，一時羨慕出家人閒雲野鶴，於是自己剪去頭髮出家當道姑。

鳳姐自從病倒之後，一直都沒有好。府中近來也多事，趙姨娘也突然患病而死。平兒見賈璉對鳳姐都不像以前那樣恩愛，心裡自己着急。

粵
語
紅
樓
夢

這日劉姥姥來探鳳姐，賈母去世的消息她收得比較遲，現時才來。平兒心想鳳姐不舒服，正想打發她走，鳳姐難得清醒，說：「人哋好心嚟探望，唔可以冷落咗人。」於是叫平兒去請劉姥姥進來。

平兒出去之後，鳳姐正想合一會眼，突然見到一男一女走過來。她嚇了一跳，仔細一看又不見有人。鳳姐心裡明白，見劉姥姥拖着一個小女孩進來，忍不住一陣傷心：「姥姥你好。好耐唔見，連你嘅外孫女都咁大個喇。」

劉姥姥見到鳳姐瘦得皮包骨，心裡很難過。鳳姐叫巧姐向姥姥請安，巧姐說：「我認得姥姥呀，嗰陣時我年紀細，姥姥仲話翌年要捉草蜢俾我玩。但到依家都無，我估姥姥都唔記得咗。」

劉姥姥說：「我真係老糊塗喇。不過要草蜢都好易，我哋鄉下周圍都有。」

我真係老糊塗！

鳳姐說：「既然係咁，不如巧姐就跟姥姥去喇。」劉姥姥笑着說：「姑娘係千金之體，食嘅都係好嘢，去到我哋鄉下，我都唔知俾咩佢食。」聊了一會，見到賈璉回來左抄右抄，說之前辦喪事還欠下不少錢，要找東西去典當。鬧了一輪，鳳姐病

情更嚴重，見到劉姥姥在面前，說：「姥姥，你幾時嚟架？」過多會又清醒過來，對劉姥姥說：「姥姥，我個女巧姐千災百病，以後交俾你照顧喇。」劉姥姥順口答應。

劉姥姥走了不久，鳳姐就去世了。誰知一波未平一波又起，被發配到海疆的賈赦因為病重，賈璉要去探望，因為巧姐年紀還小，賈璉本來想叫巧姐的舅父王仁帶她回王家照顧，偏偏巧姐不肯去。唯有請王夫人幫忙照顧。

巧姐就拜託你喇！

賈璉走了之後，賈府的幾個子侄又在外面賭錢欠下許多債，還有一個賈環更是早已敗光趙姨娘留下來的財產，賈環知道有個外藩正打算買妾侍，就跟邢夫人王夫人說有個王爺想娶巧姐。邢夫人信以為真，但平兒懷疑這個王爺的身份，經過一番打探才知原來是一個外藩要買妾侍，並不是甚麼王爺娶妻。

平兒馬上將真相告訴王夫人，王夫人去跟邢夫人商量，誰知邢夫人說：「依家璉兒唔喺屋企，孫女嘅事我可以作主，打探過係信得過嘅，我點都同意。」王夫人暗暗生氣，但巧姐是邢夫人的孫女，邢夫人要答應這件親事，自己都無辦法阻止。

賈環怕夜長夢多，又用計哄邢夫人儘快決定，王夫人跟平兒一時束手無策，巧姐也只能擁着平兒以淚洗面。

這個時候劉姥姥又來賈府，平兒說：「佢係巧姐嘅契媽，咁大件事都應該話佢知！」於是將這件事一五一十告訴劉姥姥。劉姥姥說：「咁好簡單，我哋走咪得囉。先嚟我哋村避一避，然後派人送信俾你哋姑爺。」

於是王夫人假作不知此事，去跟邢夫人聊天拖着她，然後平兒帶着巧姐，走後門跟劉姥姥坐車出城。之後劉姥姥又叫板兒進城，在賈府出面打探消息。

後來賈璉收到消息之後馬上趕回來，接平兒跟巧姐回賈府，這件事才平息。

我想捉草蜢！

掃我聽故事

為了巧姐的事，王夫人煩惱了一陣子。賈政因為賈母的事，要扶靈回金陵，這日寫信給王夫人，說起科舉考期已近，吩咐要督促寶玉跟賈蘭好好用力，考個功名回來。

寶玉之前因為失玉一事弄得痴痴呆呆，後來又病發過一次，幸好有一個和尚送玉過來，寶玉才完全病好。寶釵跟襲人都在他身邊勸說，希望寶玉用功讀書考取功名。

過多幾天就開考，寶玉跟賈蘭叔侄換了衣服後來見王夫人。王夫人說：「你哋兩個都係第一次應試。你哋由細到大未試過離開我一日，身邊都係有丫鬟圍住，今次入去考試，剩係得你哋自己一個，記住要保重，早啲應答完早啲返嚟，都唔使叫我哋心掛掛。」

賈蘭聽一句答應一句，但寶玉一句話都沒說，王夫人講完之後，他過來跪下，淚流滿面地叩了三個頭，說：「母親生我一世，我都無咩報答。今次入場一定會用心寫好文章，中個舉人，等太太高興高興下，我做仔嘅責任都完喇。」

寶釵在一旁聽見寶玉說的話，好像有甚麼不祥之兆，但她又不敢相信。寶玉又走到她面前作了個揖，寶釵忍不住就流眼淚下來。眾人都覺得奇怪。

到考完出場的日子，眾人在家中怎麼等都不見寶玉跟賈

蘭回來，派人去打探消息，又是一去不回頭。一直等到傍晚，才見賈蘭回來。大家問起寶玉，賈蘭哭着說：「二叔唔見咗。」

原來今日寶玉一早交了卷，等了賈蘭一起出考場。誰知一出門口，人多一擠，寶玉就不見了。賈府來接的人四處找過都沒有。

王夫人聽完整個人呆了，暈倒在床上，過了半天先反應過來，哭不成聲。

寶釵心裡早已經猜到答案，自從那日和尚送玉過來，寶玉已經有出家的跡象。

賈府連續找了幾天，都找不到寶玉，王夫人哭到茶飯不思。過了不久，有家人來報，說探春明日回京，王夫人才有一點精神。

到了翌日，探春果然回來了。眾人見她氣色比以前更好，反而王夫人憔悴了許多，探春見賈府眾人都眼眶發紅，她見惜春一身道姑打扮，又聽說寶玉失蹤，家裡發生了很多不如意的事，都忍不住哭起上來。

再過兩日，有家人衝進來大叫：「太太大喜！」王夫人以為找到寶玉了，開心得站起來：「喺邊度搵到？快啲叫佢入

來。」丫鬟說：「中咗第七名舉人。」王夫人問：「寶玉呢？」家人不敢出聲，王夫人繼續坐下。

探春問：「係邊個中第七名？」家人答：「係寶二爺。」再過一會，門口又有人大叫：「蘭少爺中咗。」李紈聽見心裡很開心，但因寶玉失蹤，不敢表現出來。

眾人都說：「寶玉既然中咗舉人，自然會返嚟。天下間邊度有唔見咗嘅舉人架。」王夫人心想也是，這才有少許笑容。

哪知惜春說：「咁大個人，點會唔見咗。睇嚟係佢睇破紅塵，咁先至搵佢唔到。」這話又令王夫人等大哭起來。

且說賈政送賈母的靈柩回金陵安葬，他收到家書，知寶玉跟賈蘭都中了舉，心裡高興。但寶玉失蹤的事又令人煩惱，只得匆匆回去。途中收到皇上赦免賈赦，官復原職的消息，更加開心，日夜兼程搭船趕回京城。

這日來到一個驛站，剛好下起大雪，賈政就讓人靠岸泊船，然後叫家人上岸，送信給當地朋友，不敢勞煩他們來相見。他自己就留在船上寫家書，寫到寶玉的事那時，賈政抬頭，忽然見到船頭有一個人影，光着頭赤

點解你會喺度？

着腳，身上披了件大紅斗篷，對着賈政下拜。

賈政馬上出船艙，正想問是誰。誰知抬頭一看，原來是寶玉。他嚇了一跳，問：「係咪寶玉？點解你會咁樣打扮嚟咗呢度？」

寶玉未來得及回答，就見一個和尚跟一個道士上了船頭，夾住寶玉說：「你塵緣已了，仲唔走？」

說完就飄然登岸而去。賈政顧不上地滑，馬上追過去。但見他們明明就在眼前，偏偏怎麼也追不到，轉過一個山坡，就不見人影。

賈政想起以前見過幾次和尚道士，歎氣說：「寶玉一定係下凡歷劫嘅神仙，投胎嚟我哋賈府冚咗老太太十幾年，我依家先明白啊！」於是在家書中補上這段經歷，叫家人不用再念記。

過了不知多久，空空道人又經過青埂峰，見那塊「補天未用」的石頭還在，上面字跡如舊。於是道人將石頭上面所寫的內容抄下，讓這段經歷得以流傳。

於是世上就多了這本《紅樓夢》，又名《石頭記》。

粵語 紅樓夢

責任編輯	洪永起
書籍設計	霍明志
插圖繪製	螢
故事播音	錢佩佩
排　版	肖霞
印　務	馮政光

書　名　粵語紅樓夢

原　著　曹雪芹

改　編　張彩芬 × 中和編輯室

出　版　香港中和出版有限公司
Hong Kong Open Page Publishing Co., Ltd.
香港北角英皇道 499 號北角工業大廈 18 樓
http://www.hkopenpage.com
http://www.facebook.com/hkopenpage
http://weibo.com/hkopenpage
Email：info@hkopenpage.com

香港發行　香港聯合書刊物流有限公司
香港新界荃灣德士古道 220-248 號荃灣工業中心 16 樓

印　刷　美雅印刷製本有限公司
香港九龍官塘榮業街 6 號海濱工業大廈 4 字樓

版　次　2021 年 12 月香港第 1 版第 1 次印刷

規　格　16 開（168mm×214mm）168 面

國際書號　ISBN 978-988-8763-60-3